Quem és tu?...

*

Isabel já estava farta de tanta solidão, de tanto vazio, e de tanta dor. Resolveu abrir a sua caixinha de recordações. Era uma caixinha que tinha todas as cartas dele, entre outras coisas que ele lhe havia oferecido durante o tempo em que tinham sido namorados. O amor deles era um amor proibido, mas eles viveram-no intensamente, vencendo todos os tabus, e preconceitos, mas deixaram-se derrotar por eles próprios. Ao lutarem contra tudo, e contra todos, para poderem viver o seu amor, não lhes restou forças para lidarem com os problemas do dia a dia entre eles. O amor sucumbiu, o amor perdeu... Eles acabaram tudo. O fio que os unia, desfez-se em nada... E no nada vivia ela desde que ele partira... A ruptura entre eles fez com que ele partisse para longe... Tinha voltado para *Londres* outra vez... Ela agora, passados alguns meses desde a sua partida, lia a primeira carta que lhe caiu nas mãos...

Meu Anjo:

Perder-te foi encontrar a saudade... Nunca lamentarei ter-te conhecido. Agora tens uma parte do meu coração. Pareço condenado a conhecer sempre alguém com quem a coisa faz faísca quando estou a preparar-me para partir... Contigo foi assim... Sabes que vim do Reino Unido apenas por causa de minha mãe... Nós, seus filhos, sabíamos que ela ia morrer. Foi a dor que me fez voltar. E será a dor que me fará partir. Vim por ela e parto por ti... Vim ver, pela última vez, o grande amor da minha vida... Minha mãe... Mas ela morreu... Depois conheci-te... Ironicamente, tornaste-te no maior amor da minha vida, quase como que se, ao Deus pôr-te no meu caminho, e na minha vida, me tentasse impedir de sair daqui... Mas agora perdi-te. Está na hora de partir. Chegou a hora de voltar... Tentei mostrar-te que te dou valor... Sempre dei... Mas o que mais me entristece é a distância que há agora entre nós quando, em tempos, fomos tão chegados. Eu sei que a culpa foi minha, mas eu não sei como fazer-nos voltar a ser o que costumávamos ser, ou seja, tudo aquilo que um dia fomos... E senti uma enorme pontada de tristeza pelo que poderíamos ter sido, por tudo o que poderíamos ter vivido, e termos sido tão felizes juntos, e que não o fomos... E o que me doía, e dói, mais, é que eu sabia, e sei, que a culpa de tudo isso era, e é, minha, e só minha. Mais culpado me sentia por ter magoado um Anjo como tu... Eu quis tanto fazer-te crescer pelo Amor, e, no fundo, fiz-te crescer foi pela Dor... E era isso o que mais me doía. E o que mais me dói... Era exactamente por isso que eu não me conseguia, nem me consigo, perdoar... Para me perdoar, terias de me perdoar primeiro. E isso era simplesmente impossível. Impensável mesmo... (e só nós sabemos o porquê da impossibilidade desse perdão...). Era muito improvável que algum dia me viesses a perdoar... Eras a força que me amparava quando a minha se esvaía... Tinha medo de me afastar. A ausência pode aprofundar o Amor, mas também pode matá-lo... E esse era o meu maior medo. Se me afastasse durante muito tempo poderias esquecer-me definitivamente... Eu tinha de fazer alguma coisa. Não podia simplesmente viver com a dor de te ter perdido para sempre...

*

E achou outras cartas também, relativamente, recentes...

Meu Anjo:

Nesses últimos meses foram tantas as vezes que acabamos e que recomeçamos. Numa das minhas tentativas - (desesperadas!) - de reconciliação, pedi-te que fosses lá a casa. Sabia que, se fosses, provavelmente não resistirias, e que acabaríamos por fazer amor... Quem sabe assim vacilavas e voltavas para mim?... Foste. Mas estavas com o período. Não fizemos amor... Mas tu bem sabes que o objectivo principal até nem era esse. Era falarmos. Dizermos tudo o que tínhamos a dizer um ao outro, para que não ficasse nada por dizer entre nós... A tarde correu bem, muito melhor do que eu esperava até... Foi tão boa a tarde, que depois de te ires embora, mandaste-me essa sms:

Apesar de ter sido uma "despedida", (de certa maneira), foi a forma mais linda de dizermos "Adeus" um ao outro... E o facto de não termos feito amor, tornou o momento ainda mais especial, pois o tempo foi mais bem aproveitado, de certo modo... Tentamo-nos compreender, conversar sem discutir, rimos, vimos a cumplicidade entre os gestos e as palavras outra vez, e eu, quando me perdi nos teus olhos, foi qualquer coisa surreal, linda, mágica mesmo... Obrigada por tudo!... E apesar da nossa "despedida", quero que saibas que te amo muito...

O facto é que ainda levaste alguns dias para voltar para mim e, quando voltaste, passamos apenas mais duas semanas juntos... Pediste-me um tempo. Disse-te que não aceitava. Preferia que acabássemos. Dizias não ter tempo para mim, apesar de me amares muito. Tem lógica?... Disse-te que, sendo assim, e que, apesar de te amar muito, preferia seguir em frente sozinho, à procura de alguém que pudesse ter tempo para mim... Afinal, eu sempre tive tempo para ti... E o inevitável aconteceu... Separamo-nos... Já passaram três semanas e continuas em silêncio. E, pelos vistos, estás mesmo decidida a esquecer-me... Eu percebo-te... É algo que acontece a toda a gente quando cresce. Descobrimos quem somos e o que queremos, e depois percebemos que, as pessoas que conhecemos desde sempre, não vêem as coisas da mesma maneira do que nós. Por isso, e apesar de guardarmos recordações maravilhosas dessas pessoas, seguimos em frente sozinhos. É perfeitamente normal... O que não é normal é esse vazio que me deixaste. Essa dor que ficou. Esse nada de nós que restou. Esse nada de mim que, sem ti, me faz perguntar quem eu sou...

*

As cartas continuavam…

Conhecer-te mudou-me… Mudou-me para melhor… Se já era sensível, fiquei mais, se era amoroso, tornei-me mais… Por ti tornei-me mais, tentei ser maior… Tentei, por ti, brilhar mais, alcançar mais… Para poder dar-te mais… Ah, tu sabes lá o que eu já fiz por ti, e o quanto tentei crescer por ti… E tudo isso só por ti… Tive de aprender a viver com essa dor. E, sob o foco da dor, fecha-se o mundo das ideias e abre-se o mundo dos instintos. E o meu primeiro instinto foi sobreviver… É no meio dos problemas, e das desilusões da vida, que mostramos quem somos… Sofrer e amar fazem parte da vida, são opostos que se harmonizam, e quem não ama não sofre e, em compensação, quem não sofre também não ama. E mais, não há nenhuma garantia de que quem não ama, não sofra. Basta pensares no enorme sofrimento que é viver, e ter, uma vida sem Amor... Desabafei com uma amiga minha sobre nós... E essas foram exactamente as palavras que ela usou, no sábio conselho que me deu:

Ela tem, e terá sempre, as suas próprias escolhas. Estás dentro dela, mas não és ela. Assim sendo, tens de aprender que só aceitando as suas escolhas incondicionalmente, é que estarás a respeitá-la verdadeiramente. Não existe respeito por uma pessoa se não houver respeito pelas escolhas dessa mesma pessoa. Porque, na realidade, vocês são o que escolhem. O Ser e o Escolher estão intimamente ligados. Escolher é, portanto, a forma de demonstrares quem és...

Ainda me perguntas porque adoro a Lúcia?... Ela já deixou de ser a minha melhor Amiga há muito tempo. Há muito tempo que ultrapassamos a barreira da Amizade. Tu bem sabes que a Lúcia é tudo para mim... Eu sabia que mesmo que um dia partisses - (sempre foi uma possibilidade) - que ela ficaria - (sempre foi uma realidade)... Agora a possibilidade virou realidade, e a realidade mudou-se a si própria. E hoje, simplesmente, já não sei em que realidade vivo eu...

*

Sinto muitas vezes que me falta qualquer coisa, embora não consiga explicar aquilo de que, na realidade, sinto falta... Sim, eu sei que é esquisito. Mas queres o quê?... Sempre te disse que não era um gajo normal... No fundo, deve ter sido isso que te atraiu em mim... Afinal, um dia disseste-me que sempre fui o mistério que nunca conseguiste decifrar... Já agora, depois de tanto tempo, já conseguiste perceber alguma coisa em mim?... Se não conseguiste, não fiques triste. Conheço-me há muito mais tempo do que tu, e nunca consegui... Portanto, não te sintas assim... O teu maior problema sempre foi esse... Sempre tentaste me perceber. Quando deverias ter tentado apenas me sentir... E aí, se o fizesses, perceberias tudo... (tudo o que agora não entendes...). Mas devo admitir que sempre foste melhor do que eu em tudo... Eras, e és, o tipo de pessoa que sempre desejei ser... Porque achas que te admirava tanto?... E que te admiro assim tanto?... O quê?... Pensaste que eu deixei de te admirar?... Meu Anjo, as circunstâncias das nossas vidas mudaram, eu sei... Mas também sei que o que sinto por ti é imutável... E eterno... É bom que também saibas. Sou chato, eu sei... É só para não te esqueceres... Esqueceres?... Às vezes me pergunto se ainda pensas em mim, ou se não passo apenas duma página rasgada do diário da tua vida, e que rola perdida por aí, levada pelo vento para um lado qualquer... Tu?... Tu estás presente em tudo o que sou, e em tudo o que faço... E, olhando para trás, reconheço o quão importante para mim sempre foste... Perdoa-me se eu não te soube amar como esperavas que eu te amasse, como merecias que eu te amasse, no fundo, como eu te queria amar... Mas acredita que te amei com tudo o que tinha, e da melhor maneira que podia, e que sabia... Se não consegui estar à tua altura, peço-te perdão por isso... Mas tentei... Acredita que tentei... Tentei sempre dar-te o melhor de mim... Nunca na minha vida amei alguém tanto assim... Nunca na minha vida errei tanto com a pessoa amada dessa forma nojenta assim... Gostava de poder alterar o passado, mas ambos sabemos que tal não é possível... Cheguei à conclusão que, sendo o passado inalterável, as maneiras como o vemos são maleáveis. Portanto, podemos sempre ter uma perspectiva diferente a cada vez que olhamos para o nosso passado. Ao vê-lo de uma forma diferente, reagimos de uma forma diferente. E, consequentemente, viveremos de uma forma diferente... A porra toda 'tá aí... Não consigo ver a vida doutra forma.. Como posso imaginar-me a viver sem ti?... Eu, sem ti, não tenho vida. Para além de ti, não há vida possível para mim... Ah, tu sabes lá o quanto te amo... Sempre te disse isso... Afinal, parece que eu tinha razão... Parece-me agora que nunca soubeste o quanto... Isolei-me por um longo período, para me procurar, e para me encontrar, a mim mesmo... Foi uma longa caminhada. Perdi-me várias vezes durante o percurso. Mas, em todas as vezes que me perdi, lembrei-me que a vida é muito longa para se errar, mas assombrosamente curta para se viver... Eu tinha de continuar... Tenho de continuar... Não posso mudar o que fui, mas posso construir o que serei... Para isso servem as lições que tiramos dos nossos erros. Elas - (as lições) - serão os blocos que construirão o que seremos... Não tem sido assim toda a vida?... Não são as nossas opções que nos levam a ser quem somos?... Quantas vezes te disse:

Não me sigas. Estou perdido por aí à procura de mim. Não te levarei a nenhum lugar... Nem sei quem sou, como posso te levar a perceberes quem és?...

Um dia mandei-te uma sms a dizer-te que me era muito difícil adormecer na cama onde sempre fizemos amor, e confessei-te que adorava um dia adormecer, e acordar ao teu lado... Ainda te lembras da resposta que me deste?...

Amor:

Nunca pude acordar ao teu lado, mas sempre adormeci contigo... O meu relógio não pára de contar os segundos, mas quando estou contigo o tempo devia ser interminável, devia parar como nos filmes, mas todos sabemos que a vida não é um filme em que podemos gravar a mesma cena várias vezes até ficar perfeita. Queria eu que fosse assim, assim podia estar sempre nos teus braços, porque de todas as vezes que gravasse cenas contigo, iria cometer pequenos erros só para repetir tudo uma vez mais, para te beijar uma vez mais, te abraçar uma vez mais, deitar-me nos teus braços uma vez mais, estar contigo uma vez mais... Mas a vida não é assim, é como uma peça improvisada porque, quando as peças são improvisadas, não temos oportunidade de as repetir, tudo é dito e feito uma única vez. Depois pode haver espaço para repensar nas atitudes, para os aplausos pela coragem, tempo para os remorsos nos atormentarem, para pesar na balança a escolha que teria sido a mais acertada, ou as palavras que deveriam ter sido ditas e que nunca chegaram a ser pronunciadas... E sei, que se o tempo não é assim, por vezes a culpa é minha, sei que me devia desligar do mundo, porque quando estou contigo passas a ser o meu mundo, mas por vezes é tudo tão mais complicado e eu sinto-me indefesa. Mas são nestas alturas, e noutras tantas, que não me sinto sozinha, que me lembro do calor do teu abraço, da tua constante presença invisível quase toda a hora e que, "No Matter What", estás, e estarás, sempre aqui... Sabes que este já foi só o nosso mundo, mas sabes que já foi de outros também, e agora que voltou a ser só nosso de novo, e por isto ser um grande segredo, fico com medo de o destruir sem me aperceber... Que posso eu dizer?... Sou descuidada ao amar-te, não sei esconder a alegria que sinto por estar apaixonada por ti, por te amar, ou a felicidade que é ser tua namorada, mesmo que ninguém saiba, nós sabemos, e é só isso que importa. Não sei esconder o sorriso que me denuncia de estar a namorar contigo, não consigo disfarçar que me deixas na lua com tudo o que me dizes e fazes, da maneira que me olhas, da forma que me abraças, e da maneira linda e pura que fazes amor comigo... Quem és tu que me fazes sentir a namorada mais sortuda do mundo?... Se pudesse, perdia horas a olhar para ti, sentir o toque doce da tua pele, a suavidade dos teus beijos ou, simplesmente, adormecer nos teus braços, e isso não seria perder tempo, seria aproveitá-lo da melhor maneira. Quero perder a noção do tempo contigo, não falo dos minutos que passo contigo, mas das horas que desejo passar, quero ser tua por inteiro, não que não seja, porque não me sei dar às porções, mas para poder ser tua por inteiro, no que toca à liberdade e à eternidade... Fazes tanto por mim e, por vezes, pensas que não reparo nos teus pormenores, preocupas-te em mandar as mensagens mais fofinhas logo mal acordas, porque sabes que assim estás-me a colorir o dia logo pela manhã, por vezes não tenho tempo suficiente, ou falta-me o à vontade para falar ao telefone contigo e, mesmo assim, não te importas, porque sabes que, quando estiver contigo, serei apenas tua... E, mesmo que o mundo me tente roubar naqueles minutos, horas ou segundos, sabes que será impossível. Fazes-me caminhar sobre as nuvens, amas-me da forma mais pura, e demonstras-me da forma mais linda. Dizes ser um sapinho farto de ser beijado sem nunca se transformar num príncipe, e afirmas eu ser a princesa que te faz sentir um, apesar de seres o único que não vês que sempre foste um príncipe, apenas precisavas de uma gata borralheira, escondida atrás do mundo dos livros, para te mostrar isso, tal como tu me mostraste a Mulher que posso ser... Amo-te tanto que me fazes perder a noção do tempo quando penso em ti, quando te escrevo, ou quando simplesmente estou a sonhar contigo. E todos os sonhos são lindos, porque em todos eles tu entras, e em todos eles continuo a ser tua, embora seja diferente. Nos meus sonhos ando contigo de mãos dadas, beijo-te em frente de todos, e é como se não houvesse mais nada no mundo para fazer senão amar-te, senão fazer-te feliz...

PS: *Esta era uma carta que te iria entregar mais tarde, mas não há hora para escrever para ti, todas as horas são boas para te escrever, para te amar, para parar o mundo e para dizer que te amo. Os instantes não existem sendo perfeitos, mas cada momento ao teu lado foi perfeito, digno de ser gravado nas páginas vazias de um livro esquecido, nas raízes de uma árvore de um jardim qualquer, merecidos de ser gravados e recordados para sempre... Só queria dizer que te amo... AMO-TE MUITO...*
É verdadeiro, é real, é eterno..."

E agora estás longe, rompeste comigo, simplesmente saíste da minha vida, e voltaste a ser o nada, e o vazio, que sempre foste... Onde andas, meu Anjo?... Tens a noção do quanto sofro sempre que leio essa tua carta?... De momento quero apenas esquecer... Fechar os olhos, afundar-me em mim, esquecer quem sou...

*

*Não estou à procura de desculpas, porque não tenho desculpas. Não vale a pena procurá-las. Não sou um Homem de desculpas, mas também não carrego comigo nenhuma culpa. Não me arrependo de nada do que fiz, nem de nada do que faço. Um dia publiquei num livro meu - ("**Diário de um Homem esquecido**") - essa frase:*

Não me envergonho do passado que tive, pois foi preciso o passado que tive para que eu fosse o Homem que sou no presente, e alegro-me por isso, pois vendo o Homem que sou no presente, consigo antever o grande Homem que serei no futuro...

Aqui já não há certo nem errado. Na minha vida, tudo o que penso, sou, e faço, faz parte do meu percurso. Aliás, É o meu percurso. E tudo em mim, e na minha vida, se torna apenas percurso. Arrepender-me de quê?... Culpar-me porquê?... Não tenho nada por que me arrepender. Tenho tudo - e tanto ainda - para viver. E tu?... Por onde andas, meu Anjo?... Por que Céus voas, meu amor?... Como consegues viver sem mim?... Ou apenas, tal como eu, tentas não morrer afogada nessa dor?... Sendo assim porque não dizes nada, meu amor?...

*

Fui-me abaixo... Deixei que as lágrimas corressem livremente, como se fosse a primeira vez que eu chorava. Eu sabia que na última lágrima começaria o início do fim da minha dor. Por isso não me importei de chorar. Sei que, no fundo, toda a dor tem um fim, um propósito. E o fim é nos fazer crescer, em suma, nos fazer evoluir. E sofrer, tal como o amar, faz parte da Evolução do Ser. Cresceste com essa dor?. Eu cresci muito com o teu Amor... E, com o nosso Amor, eu simplesmente voei...

*

Às vezes perguntavas-me quem sou... Como posso te dizer quem sou?... Não sei quem sou, nem o que sou, pois o que eu pensava que era, não é o que sou... Estou a tentar esquecer quem eu pensava que era, para descobrir realmente quem sou... Para um dia ser quem sou. E como sou... Não consigo ainda compreender quem sou, nem o que sou, mas continuo nessa eterna procura, nessa eterna busca, de mim mesmo. Um dia hei-de me encontrar... Nesse dia espero encontrar-te lá à minha espera... (Disseste que ias estar sempre lá para mim, no matter what, lembras-te?...). Mas, sinceramente, já nem sei quem sou... Preciso de me encontrar. Se um dia o conseguir, prometo-te que te digo quem sou... Nesse momento é-me impossível responder-te a isso, meu Anjo... Perdoa-me a minha ignorância. Mas é na ignorância dos humildes que reside a verdadeira sabedoria, e é também nos humildes que reside a arte de saber viver... Já fui assim. Agora sou diferente. A culpa é tua. Fizeste-me mudar... E acredita, meu Anjo, que fizeste-me mudar para melhor desde que apareceste, e entraste, na minha vida... Mas não é o suficiente para mim. Não é o que quero para mim, nem, muito menos, o que estou à procura... Quero ser livre para te poder amar...

Quero que sejas livre para poderes crescer... Um dia percebes... As perdas tornaram-me adulto muito cedo, tornaram-me num jovem que pensava muito, mas que sentia muito pouco. Hoje, muitos anos depois, a vida tornou-me num Homem que quase não pensa em nada, mas que, definitivamente, sente tudo... No fundo, as minhas perdas fizeram-me crescer. Quando perdi tudo à minha volta, só me restou entrar em mim, procurar-me em meu interior, para ir ao encontro de mim mesmo. Ao encontrar-me, encontrei Deus. E, finalmente, achei o Céu. Afinal, o Céu é já aqui... Basta acreditares... Eu acredito. E tu, acreditas?... Pois é... E depois queixas-te de viveres num inferno?... Pelo menos, sê coerente com aquilo que dizes acreditar. Se não acreditas no Céu, como explicas acreditares no teu inferno?. Como podes acreditar nele, se não acreditas no Céu?... Para haver um ying, tem de haver um yang. Não há volta a dar. É assim que funciona. É assim que Deus quer. É assim que tem de ser. Ou acreditas ou não acreditas. Se não acreditas, nem Deus te pode fazer ter fé. E, se não tens fé, nem Deus pode fazer alguma coisa por ti. Se tu não deixas, Ele simplesmente nada pode fazer por ti, nem pela tua fé, pois Deus não se pode impingir a ti, nem na tua vida, pois deu-te o livre arbítrio para fazeres o que quiseres, e tens sempre a tua liberdade de escolha para não o escolheres a Ele... Mas, se não o fizeres, quando te sentires só e abandonada, sozinha na escuridão, não digas que foi Deus que te abandonou. Foi tu que te afastaste da Luz, e não a Luz que fugiu de ti... Logo, viveres no inferno foi - e é sempre - uma opção tua. Sabes que sim... Muda de frequência. Passa a acreditar - (e verás os milagres acontecer...) - passarás a sentir, passarás a ver e, finalmente, passarás a voar... É o início do regresso a Casa... O regresso ao Amor Original, o regresso ao Primeiro Amor, o início do derradeiro encontro contigo mesma... E aí verás o Céu... Nessa altura acreditarás em mim quando te digo que o Céu e já aqui...

*

Não consigo ser o Homem que quero ser. O que significa que isso me faz lembrar, mais uma vez, daquilo que eu não sou. Aliás, já nem sei quem sou... ***Osho****, sobre isso, um dia disse:*

Nós vivemos no meio da multidão, fazemos parte da multidão. Sós, não sabemos existir. Não sabemos estar sós. Existimos sempre com os outros. Os outros são-nos necessários. Sem os outros, quem é você?... A sua identidade perde-se...

Acho que foi o que me aconteceu... Habituei-me tanto a ti, dilui-me tanto em ti e, agora que partiste, já nem sei quem eu sou... Lembro-me de quem eu era quando estava contigo. Do que me fazias ser, e sentir...

Um dia ***Osho*** *também disse:*

Perca-se em alguém conscientemente. Quando se perde conscientemente em alguém, esse alguém perder-se-á em si... Quando é aberto, e flui no outro, o outro começa a fluir em si, e há entre os dois um encontro profundo, uma comunhão. Duas energias fundidas uma na outra. Nesse estado deixa de haver ego, deixa de haver indivíduo, há apenas Consciência. E quando isto é possível com um indivíduo, é possível com o Universo inteiro. Aquilo que os Santos chamam êxtase, ***Samadhi****, é apenas um fenómeno de profundo Amor entre uma pessoa e o Universo inteiro...*

É o que sinto quando estou contigo... Sempre que fazemos amor, não te parece sentir todo o Universo a vibrar?... É o Universo a sentir o nosso orgasmo, a força do nosso Amor, a ***Kundaline****, a força de vida que nos une... Sobre o Amor, tal como* ***Jesus****,* ***Osho*** *também disse coisas lindas:*

Quando há Amor verdadeiro entre duas pessoas, existem dois corpos, mas o coração é único, o som do coração é uno, e o êxtase rodeia os dois como uma nuvem. Você desaparece nesse êxtase; você não é você, e ela não é ela. O Amor torna-se tão total, o Amor torna-se tão grande, e tão esmagador, que você não pode continuar o mesmo; tem de submergir e desaparecer. Nesse desaparecimento, quem fica ligado, e a quem?... Tudo É... Quando o Amor floresce na sua totalidade, tudo simplesmente É...

E ainda afirmou:

No verdadeiro Amor não existe relação, porque não existem duas pessoas que se relacionam. No Amor verdadeiro só há Amor, um florescimento, uma fragrância, uma fusão, uma amálgama. Só no Amor egoísta existem duas pessoas, amante e amado. E sempre que há amante e amado, o Amor desaparece. Sempre que há Amor, o amante e o amado, ambos, desaparecem no Amor...

Por isso sei que te amei verdadeiramente... E tu a mim também... O nosso Amor foi lindo, verdadeiro, e sincero... Durou muito pouco, eu sei. Mas também sei que durou o tempo suficiente para se tornar inesquecível... Quantas vezes me perdi em ti?... Quantas vezes te perdeste em mim?... Quantas vezes nos diluímos um no outro, tornando-nos num só?... Afirmavas encontrar paz só nos meus braços, só neles te perdias em mim... O que foi feito de ti?... O que foi feito do nosso Amor?... O que faço agora sem ti?...

*

Jamais serei capaz de pensar naquela minha "explosão" sem me sentir envergonhado. Mas não foram as tuas palavras que a desencadearam. Foi a ausência delas... Não percebes, nem Anjo, que há uma predisposição em mim para ver apenas o que há de bom nas tuas palavras e nas tuas acções?... Mas, tal como a Natureza abomina o vazio, o mesmo acontece com o coração humano. Tolo e inseguro como sou, e porque ambos parecemos não saber onde isso nos irá levar, tudo o que me resta é procurar algum conforto, e consolo, naquilo que isso pode significar... Preciso urgentemente de ouvir que, para ti, é o mesmo que para mim, ou seja, tudo!... Tu bem sabes, meu amor, que sem ti não sou nada... Não sou forte como tu... Quando te conheci achei que eras uma pessoa frágil, alguém que eu senti que tinha de proteger. Agora percebo que nos avaliei mal. Tu és o elemento forte, aquele que consegue viver com a possibilidade de um Amor como este, e com o facto de que nunca nos será permitido vivê-lo. Pelo menos, não aqui... E só tu e eu sabemos o porquê... E isso basta. Basta-me. Basta-nos... Ninguém tem de saber desse "pequeno" pormenor de nossas vidas... Talvez se eu partilhasse esse "pequeno" pormenor, porque não dá para assumirmos a nossa relação aqui, as pessoas percebessem o tamanho da minha frustração, e a profundidade da minha dor. Caso percebessem, entenderiam, imediatamente, a grandeza do meu Amor por ti. Mas também perceberiam, instantaneamente, a minha frustração por não poder viver esse meu Amor por ti... Mas peço-te que não me julgues pela minha fraqueza... Só conseguirei suportar isto se estiver longe de ti, num lugar bem longe mesmo, onde não seja assombrado pela possibilidade de te ver com outro... Não me trocaste por ninguém, eu sei, mas também sei que vais seguir em frente, e que não irás continuar toda a tua vida sozinha... Nem eu queria que o fizesses... Ninguém merece ficar sozinho, hás-de achar alguém que te mereça mais do que eu, e que te ame mais ainda do que eu... Já que não fui capaz de te fazer feliz, tens todo o direito de achar alguém mais compatível do que eu, e que te consiga deixar tão feliz que possas tocar, e sentir, o Céu já em vida... Preciso afastar-me, e ocupar-me de modo a não teres lugar no meu pensamento. Isso, aqui, é impossível... Logo, meu amor, não me resta outra alternativa senão partir... Talvez para nunca mais voltar... A ideia de que poderia, de alguma forma, ser responsável, pela tua infelicidade, é-me intolerável... Não consigo viver com isso...

Ela chorava baba e ranho, pois agora, naquele preciso instante, recordava cada segundo passado com ele. E doía-lhe. E muito... Ironicamente, ele sentindo saudades dela e tão longe como estava - (*ele vivia em Londres*) - acabara de ler a mesma carta, e sentindo-se triste, nostálgico, e com um sabor amargo a melancolia, desabafou...

Ao ler as minhas próprias palavras, eu confrontei-me com as minhas próprias emoções, desmanchando-me todos os meus sentimentos. Eu senti que dentro de mim algo se quebrara. E senti-me derrotado... Decidi escerever uma nova carta para ela. Talvez a mandasse por email... Ah, sei lá o que iria fazer..

Lembro-me de lhe escrever qualquer coisa como isso...

Sabes que sou demasiado velho para ti. Mereces alguém muito mais novo do que eu, alguém que possa partilhar toda a sua vida ao teu lado, e contigo... Tu bem sabes, meu Anjo, que eu já não tenho vida para isso... Sou muito mais velho do que tu, logo, pela lógica da vida, morrerei primeiro do que tu, e prender-te a mim, seria puro egoismo. E não quero que percas a possibilidade de receber todas as coisas boas, e todos os momentos lindos, e inesquecíveis, que outra pessoa te possa dar... E, por egoismo, não tenho o direito de te prender a mim... Por Amor a ti, meu dever é libertar-te... É te libertando que te mostro o quanto te amo... ***Fernando Pessoa*** *um dia disse:*

Aprende a deixar livre as coisas, e as pessoas, que mais amas na vida, para que estas não se sintam presas a ti. Se voltarem, foi porque sempre te amaram. Se não voltarem, é porque nunca as tiveste..."

Se ficares comigo não quero que um dia olhes para mim e sintas qualquer tipo de arrependimento, ou culpa, por me teres escolhido a mim, e que também não me culpes por não teres seguido outro caminho qualquer na tua vida... Por isso, por amar-te demasiado, por não te querer prender a mim por egoísmo - (chama o que quiseres...) - liberto-te... Deixo-te partir para que possas ser feliz... (Já que não o consegui...). Sê feliz... Para atingires o Céu... Nem que, para isso, tenhas de passar por esse inferno que é teres de me perder... Acredita que o meu inferno não é menor do que o teu. Não te esqueças, meu Anjo, que se me perdeste a mim, eu perdi-te a ti... E só eu conheço essa dor, e o peso que ela tem em mim... Cada um carrega a sua cruz, e acredita que a tua cruz não é mais pesada do que a minha... Que remédio temos nós se não cada um carregar com a sua?...

Eloi, Eloi, lama sabachthâni?... (Deus meu, Deus meu, porque me abandonaste?...)

*

E as cartas continuavam... A dor dela aumentava a cada carta que lia...

Acho que nunca tinha-me sentido tão sozinho em toda a minha vida... Agora era a minha vez de me afastar... Eu sabia que o melhor, por vezes, é mesmo não dizer nada. Às vezes o silêncio, tal como a vida, encarrega-se de, nas alturas certas, nos trazer certas respostas... Eu simplesmente precisava de algum tempo para estar longe de tudo isso. Precisava de tempo para ser uma pessoa diferente. Precisava de me acalmar, de me focar, de me centrar em mim, de voltar a ser o que sempre fui...(tinha saudades de ser quem era... E de como era...), para só depois, então, descobrir quem, realmente, sou... Os teus segredos tinham-me submergido. Tinha de ter cuidado para não perder de vista o pouco que ainda restava de mim... Hoje todos os sonhos que tinha para nós, são apenas pequenos barcos de esperança a flutuar num imenso oceano de incerteza... Sempre ouvir dizer que as coisas são sempre mais perfeitas quando duram pouco... Não estou a ver onde fica essa perfeição ao perder-te, mas pronto... Chamo por ti, e só resta o silêncio no lugar onde tu deverias estar... Perder-te fez-me sentir como se estivesse a perder uma parte de mim... Devo confessar-te que nunca conheci a felicidade até te encontrar... Pensava que sim, mas não... A verdadeira, e a mais pura, felicidade, conheci-a foi contigo... Mas separamo-nos e, agora, já não há nada a fazer. Tentei, por várias vezes, voltar para ti, nunca aceitaste, e tive de, simplesmente, aceitar a derrota... Doeu perder-te... Muito mesmo... Rezo para que tenhas escapado a esta dor... Espero, muito sinceramente, que esteja a ser mais fácil para ti do que para mim... Pelos vistos, sim... Manténs o silêncio, e a distância, há três semanas. É muita indiferença, e muito desprezo, para quem dizia me amar tanto, mas pronto, percebo que estejas a tentar esquecer-me, e que também, por mais que digas o contrário, não está a ser nada fácil para ti, e bem sei que esse teu afastamento não passa apenas duma forma de protecção... Percebo-te melhor do que pensas... Percebo-te, e conheço-te, como gostava que me percebesses, e me conhecesses, mas, pelos vistos, continuarei a ser o mistério que nunca irás desvendar, quanto mais decifrar... Se não o desvendares, como o queres decifrar?... Só me encontrando a mim, perceberás quem eu sou... Mas desististe de mim, desististe de nós, e perdi-me a mim, e desencontrei-me de nós... E, de mim, já nada restava quando acabamos. Agora já não resta mesmo nada... Já nem um grão de pó na beira da estrada consigo ser... Eu, sem ti, não sou nada... Percebes agora quem eu sou?...

*

Quando percebi que, se continuasse, iria magoar-te, recuei de imediato. E afastei-me... Prefiro amar-te em silêncio ao longe - (por mais que isso me doa...) - do que estar contigo e saber que, apesar de me amares muito, que sofres com isso... O Amor não faz sofrer. O Amor liberta... Por Amor a ti, por te amar assim tanto, liberto-te... Respira... Estou a precisar respirar também... Sei que algum tempo de separação só nos irá fazer bem, irá fazer-nos encaixar as ideias, organizarmos os nossos pensamentos e, quem sabe até, redescobrirmos o que sentimos um pelo outro... Mas esse "afastamento" também não convém que seja muito longo, pois, por incrível que possa parecer, podemos habituar-nos à ausência um do outro, e o outro deixará de nos fazer falta... E isso, sim, seria imperdoável para qualquer um de nós... Afinal, é como um dia me disseste: ***"Somos melhores do que isso..."****. Admiras-te lembrar-me disso?... Lembro-me de cada palavra tua desde que te conheci, lembro-me de cada sms, de cada email, de cada carta... De ti, lembro-me de tudo... Lembro-me do teu olhar, do teu sorriso, do teu abraço... Ah, o teu abraço... Enfim, lembro-me de tudo... Eras, és,* *e serás sempre, o meu Tudo... Eu também já fui o teu Tudo e hoje, simplesmente, sou o teu Nada...*

*

Há sempre uma vírgula entre o que se é e aquilo que se quer ser... Então, faço um parênteses para poder ponderar... Como me tornei nisso que sou?... O que resta de mim?... Quem é este novo EU que desconheço completamente?... Definitivamente, já não sei quem sou... Já nem me conheço sequer... Acho que foi esse vazio que me deixaste, e a dor que enfrentei, e que diariamente enfrento, que me transformou nisso, que sou... Apenas uma reles sombra daquilo que um dia fui... As férias da Páscoa acabaram, as aulas recomeçaram, e as três semanas de silêncio que me pediste para pensar, chegaram ao fim. Mas continuaste em silêncio. Nem te dignaste a dizer-me que já não querias continuar comigo, e a apostar em nós... (Eu é que cheguei lá por mim, tal foi o desprezo, e indiferença, que me deste...). Vi-te ontem... Perguntei-te a que conclusão tinhas chegado, disseste-me que estavas decidida a não voltar mais para mim e a esquecer-me. **"Ok, se é o que queres... Mas não há nada que eu possa fazer para que voltes?..."**, *perguntei-te.* **"Não!..."**, *foi a tua resposta... Nem nos meus olhos foste capaz de me olhar para me dizeres isso... Ou melhor, pensava que não fosses olhar mas, quando eu menos esperava, olhaste-me bem fundo nos meus olhos, e, com a voz mais segura que conseguiste arranjar, me disseste:*

Sim, é o que quero. Afasta-te... Quero-te esquecer e peço te, por favor, que me esqueças também...

Nesse momento, penso que compreendeste que a dor nos meus olhos era o reflexo da tua e, desviando os teus olhos dos meus, julgo ter-te visto chorar... Apenas te disse:

Respeitarei a tua decisão, mas nunca desistirei de ti... Impossível... Isso seria desistir de mim, do que mais acredito, e do que eu mais amo... Mas, sendo assim, já nada me prende aqui, e vou voltar definitivamente para o Reino Unido. A qualquer altura que mudes de ideia, diz-me, pago-te a passagem, e vais para Londres ao meu encontro. E longe de tudo, e de todos, e de tudo o que nos impede de viver esse Amor aqui, viveremos na plenitude o nosso Amor...

Não disseste nada... Ficamos assim em silêncio durante uns segundos, olhando nos olhos um do outro. Cortei o silêncio com a pergunta mais tola que, talvez, tivesse feito na minha vida - (porque já conhecia a resposta...) - mas, definitivamente, uma das mais sinceras: **"Queres vir para Londres comigo?..."**. *Simplesmente sorriste e me disseste:* **"Tu bem sabes que eu não posso..."**. *Voltei-lhe as costas e parti... Mais uma vez ela dizia-me o que não podia e, mais uma vez, ela não me dizia o que queria... Será que algum dia eu, realmente, soube?... Se não soube, como poderia dar-lhe o que ela mais precisava?... Porra, dei-lhe sempre o melhor de mim. Que mais podia eu fazer?... E já diz o ditado:* ***"Quem dá tudo o que tem, e faz tudo o que pode, a mais não é obrigado..."***. *Amei-te o mais que podia, e da melhor maneira que sabia, amei-te com tudo o que tinha... Desculpa se não foi o suficiente... Não foi - (nunca foi!) - minha intenção magoar-te... Estava tão obcecado com a minha própria dor, que não pensei em mais ninguém... Depois chegou um momento em que percebi que tinha de tomar um caminho novo, e diferente, e isso significou por de lado o passado, incluindo o pessoa que eu mais amava, ou seja, a ti!... Era tu ou eu. Não havia, nem eu tinha, alternativa... Já que desististe de mim, tive de me escolher a mim... Escolhi a dor, eu sei... Mas escolhi-a por Amor. Tive de me libertar. Teria de ser livre para poder amar... Mas, para amar, primeiro tinha de me encontrar... Querias que fizesse o quê?... Tive de me afastar de ti, para me poder encontrar a mim... Acho que, a partir de agora, vai ser cada um por si... Adios, my angel...*

*

O Amor é um mar de emoções... É ouvir, dar voz aos cinco sentidos, e a todos os outros que não vêm nos manuais de escola, e que não se aprendem. Crescem dentro de nós, de uma forma espontânea, e não como uma erva daninha, mas antes como uma flor de campo que, no meio do verde, nos levanta um sorriso, e nos faz perguntar como é que ela apareceu ali, enquanto interiormente lutamos para decidir se a trazemos, ou se a deixamos continuar a crescer, e a viver, no seu lugar, para que outros a possam apreciar, e deliciarem-se do mesmo modo do que nós, resistindo à tentação de sermos egoístas... O Amor é isso... Mais palavras para quê?...

*

Quando não tinha forças, sempre fui buscar força em ti... Tu, que pareces tão frágil, tens uma força interior que eu admiro muito, e uma paz interior fora de normal - (que invejo) - sempre que surge um problema. Raramente te exaltas, e manténs sempre a tua racionalidade, e paz de espírito, independentemente da emoção que possas estar sentindo... Perdoas sempre. Nunca guardas rancor... Pôh, é impossível não amar alguém assim... Quem és tu que me amavas - (Às vezes me pergunto se ainda me amas?...) - dessa forma linda assim?... Um dia, depois de partilhar uma vitória minha contigo, mandaste-me essa sms:

Não imaginas o orgulho que sinto por ti... E então o Amor nem se fala... É como diz alguém muito especial: ***"É qualquer coisa de extraordinário"****, e o nosso "Nós" vai sempre existir... No matter what...*

E hoje me pergunto porque fizeste questão em que o nosso "Nós" deixasse de existir... Era "no matter what", lembras-te?... Errei tanto assim?... Pôh, diz-me aonde, quero evoluir... Se não souber como errei, onde errei, e o quanto errei, como posso corrigir os meus erros, para tentar assim evoluir hoje, para poder ser melhor amanhã?... E tu, queres evoluir?... Então perdoa sempre, ama sempre... No matter what... E faz disso atitudes e não meras palavras, pois estas, meu Anjo, o vento as leva, e nunca mudaram a vida de ninguém... No matter what, até ao fim, juntos...'Tás aonde agora?... 'Tás aí?...

(silêncio...)

*

As cartas caiem-lhe aos pés, e as lágrimas acumulavam-se numa poça no chão do seu quarto...

Meu Anjo:

Houve um dia que alguém disse:

Lembra-te de que o Universo, mais cedo ou mais tarde, retira tudo o que a pessoa se agarra, na tentativa de sobreviver fora de si própria, para fugir ao seu mistério interior. E depois a pessoa sente-se perdida e sozinha... A solidão não existe. O que existe é o Universo a retirar todas as pessoas, e coisas a que te agarras, do teu caminho para, definitivamente, te encontrares contigo mesma em teu interior...

O Universo tirou-te de mim para que eu me encontrasse a mim próprio... Tentei e nada vi... Apenas o vazio encontrei... Houve também alguém que, sobre isso, afirmou:

Vocês são espelhos uns dos outros e a tendência é exigir que o outro seja aquilo que tu esperas dele, isto é, tudo aquilo que gostavas de ser, e que não consegues... E, se não consegues, como esperas que os outros o possam ser por ti?...

Pois é, esperei demasiado de ti... Dei-te tudo de mim... E, do que esperei que me desses, nada me deste... E depois de tudo o que te dei, e do quanto te amei, apenas o vazio e a dor me deixaste... Obrigada por isso. Nem imaginas o quanto cresci com isso...

*

Amei-te muito, eu sei, mas estou decidido a esquecer-te, e tu sabes. E sabes que sou assim... Lutei muito, dei tudo de mim mesmo, para que esse ciclo, o nosso ciclo, não acabasse assim, mas insististe em querer mantê-lo assim. E digamos que, com o passar do tempo, habituei-me a ele assim. Pelo menos deu-me paz... Agora que vou para longe, talvez com esses novos "ares" eu consiga respirar melhor?... Quem sabe?...

*

Tenho de transformar essa casa num lar, um lugar que não seja dominado pela tua ausência... Eu sou tudo o que tenho. Não tenho mais nada desde que partiste... Só me resta lutar para sobreviver... Eu não vou cair, mas, se cair, sei o que tenho de fazer... Esse não é o meu primeiro combate, e sei quem está no meu canto do ringue. Saber isso é o suficiente para ter coragem para entrar em qualquer ringue, defrontar qualquer combate, seja com que adversário for. Pois eu sei que, quando soa o sino, eu olho por cima do meu ombro direito e pergunto:

- Mestre, 'tás ai?...

E ouço sempre a linda voz de Jesus:

- Sim, Filho. Estou aqui. Estou sempre aqui...

Jesus não falha. As pessoas sim. E constantemente... Um dia disseste-me que ias 'tar sempre lá para mim, no matter what... E agora te pergunto: " ***'Tás aonde?... Aqui não 'tás de certeza...***". *Pois... Tenho muitos defeitos, eu sei, mas também sei que sou um Homem de não quebrar promessas. Ainda sou daqueles - (poucos) - Homens que ainda teimam em cumpri-las. E eu prometi-te amar-te sempre, no matter what, e ainda aqui estou... O que sinto por ti é eterno... O quê?... Achas que te mentia quando te dizia isso?... Pôh amor, pensei que conhecesses muito melhor o que sinto por ti... Também te prometi que, mesmo que as circunstâncias te mostrassem o contrário, que eu te amaria sempre... Enquanto que tu... Bem, não interessa... O que realmente interessa é que hoje estivemos juntos. Depois de uma separação de três semanas... Depois de três semanas de ausência física, de silêncio absoluto, de solidão total, estivemos juntos... Nem queria acreditar que estavas ali no meu quarto... Falamos. Choramos. Abraçamo-nos... Tentamos explicar um ao outro as razões da nossa dor... Pedi-te perdão. Nada me disseste. Apenas me abraçaste... Tentei a minha sorte, e não foi por estares com o período, mas sim por a tua mágoa ainda ser muito grande, que não fizemos amor... Tu bem sabes que, depois de começar, eu não sei quando, nem como, parar... Mas parei quando me pediste. Sabes que te respeito. Sempre te respeitei. Sabes que sim... Sei que para ti não é fácil me ouvires te pedir para não me guardares mágoa, nem nenhum tipo de rancor, depois de tudo o que te fiz, e depois de tudo o que se passou... Não posso esperar que, depois de tudo, possas agir como se nada se tivesse passado... Eu sei... Mas também sei o que senti - (o que me passaste...) - naquele abraço, o que senti quando encostaste a cabeça no meu ombro, e o que senti quando ficamos assim, com os olhos fechados, durante uns instantes em silêncio... Sei o que senti... Senti* que, por trás de toda essa tua dor, ainda existe muito amor... Muito mesmo... Mas ainda existe medo também... Tanto ainda... Pôh amor, quero mesmo que me perdoes, quero mesmo muito que voltes para mim, mas depois de todo o Amor - (e, ao mesmo tempo, tanta dor...) - que senti naquele teu abraço, perguntei-me a mim próprio como é possível alguém amar tanto assim outro alguém?... Tens razão. Não sou digno de ti... Mas é exactamente por não o ser, que luto a cada dia, e cada vez mais, para lá chegar... Por ti sou melhor, e sei que ainda serei muito mais... Eu vou conseguir voltar a ser o que era, vais ver... E numa versão melhorada... Vou fazer o "upgrade" de mim mesmo, por Amor a ti, refinando a minha personalidade, e o meu carácter, para depois poder partilhá-los contigo...Verás... Um dia... Um dia eu chego a ti...

*

A vida às vezes pode ser uma merda e, quando se pensa que vai ser sempre assim, as coisas mudam repentinamente. Assim, do nada. De um momento para o outro... Como se o destino quisesse dar outro rumo às nossas vidas. Muitas *vezes as nossas vidas mudam radicalmente. Quando isso te acontecer, fica a saber que é Deus a assinar o Seu Nome no teu destino... Ah pois é, meu amor... Nem tudo o que nos acontece, são escolhas, ou vontades, nossas... Às vezes tem um dedo de Deus naquilo que nos acontece. Às vezes Deus tem de intervir nas nossas vidas, para nos fazer voltar ao Caminho que nos levará de regresso a Casa. E, por vezes - (muitas vezes até) - essa mudança dói. E dói mais quando Deus tem mesmo de nos sacudir para nos poder acordar... Dói muito mais não ter a coragem de mudar... Então, dor por dor, porque não mudas, amor?... Quem sabe se não é nessa mudança que encontras a Felicidade?... Quem sabe se vocês não se cruzam pelo caminho?... Com sorte, ainda se tornam amigas... Não vai ser difícil a Felicidade gostar de ti. Verás... É esse o meu desejo para ti... Esse e muitos outros... Um dia conto-te...*

*

Chorei... Chorei já não sabendo por que razão, nem por quem derramava essas lágrimas... Se por mim, se por ti, ou se, simplesmente, chorava por nós... Simplesmente chorava por esse "Nós" que já não existia... Nem existe... Como se pode ser feliz assim?... Mas devo confessar que experimentei uma tristeza profunda por te ter perdido. Pelo extremo choque que apanhei de ser confrontado com o facto de nada existir onde antes havia tanto. Porque tinha restado tão pouco, ou quase nada, desse nosso Amor?... Eu sofria pelo início, e pelo fim, frustrado desse Amor... Infelizmente - (ou não) - já não havia mais nada a fazer... Então decidi deixar fluir, e ver o que o destino, a vida e Deus me/nos reservavam... Não há nada melhor, nem mais gratificante, do que ter a certeza de que, se deixarmos a vida encaixar as peças desse grande puzzle que somos nós, e que o destino nos carregue, iremos chegar a bom porto... Basta deixarmo-nos fluir com a vida, e fazer como a água do rio que, independentemente dos obstáculos, e das rochas - (por maiores que sejam) - que encontrar pelo caminho, chega sempre ao seu destino... Pois a água sabe que, ao vencer todos os obstáculos, ela chegará ao mar e que, nesse dia, ao juntar-se ao mar, deixará de ser rio, para passar a ser o próprio mar... E tu, porque tens tanto medo de deixar fluir?... Tens medo de encontrar o teu mar?... Medo de descobrir quem és?... E, no entanto, queres saber quem eu sou... Como podes querer saber quem sou, se não sabe quem és?... Como esperas perceber quem sou, se não consegues compreender quem, nem o que, és?...

Pai, perdoa-lhe... Ela não sabe o que diz... Pai, volta a perdoar-lhe... Ela não sabe o que faz...

*

Eu sabia que tinha de dar tempo ao tempo. Mas eu era, e sou, um Homem paciente. Tinha, e tenho, todo o tempo do mundo... Eu amava-te tanto - (amo-te ainda tanto!...) - que não me importava de esperar o tempo que fosse preciso por ti, pois eu sabia que tudo na Natureza tinha, e tem, a sua hora, o seu lugar, e o seu tempo... Não se deve comer fruta que não está madura, que está "fora do tempo". Será amarga e difícil de ingerir. Não cairá mesmo nada bem, podendo até fazer-nos bastante mal... O mesmo acontece com a vida. Não tentes acelerar as coisas, nem sequer tentes desviar o rumo da própria vida. Não o consegues. E, mesmo que o conseguisses, ou simplesmente alterar algo na tua vida duma forma repentina, e que não era suposto, simplesmente irias comer fruta antes do tempo... (Até na Bíblia diz que "tudo tem o seu tempo")... Definitivamente, se o fizesses não te faria bem nenhum e, pior ainda, só te faria mal, porque te impediria de crescer, e de evoluir... Cada um é que sabe de si... Há aqueles que preferem continuar a ser simples animais. Outros até que preferem passar toda a vida a rastejar. Mas há outros ainda que fazem questão em evoluir, em elevarem-se cada vez mais, sempre na esperança de um dia poderem voar... Esses?... São aqueles que querem um dia ser Anjos. Esses têm a noção de que um dia já o foram. Por isso, querem tanto voltar a sê-lo. Pois sabem o que os espera... O Céu... E eles bem sabem meu Anjo, tal como tu e eu, que o Céu não fica aqui...

*

De noite sonhava que te tinha mas, de dia, na minha realidade, não te via. Era tudo tão real, e tão estranho, ao mesmo tempo. Já não sabia o que era o Sonho e a Realidade. Eu vagueava entre a Consciência e a Inconsciência. A Realidade e os meus sonhos se confundiam, e já nem sequer sabia se existia ou se, tal como um espectro entrava, e saia, de outra Realidade... É o meu Subconsciente a *descarregar, o meu cérebro a tentar por ordem em todo esses caos... Estou na fase da culpa. Sei que a culpa de tudo isso é minha, e só minha, e não me consigo perdoar exactamente por isso... Perdi-te estupidamente. E por culpa minha... Como posso pedir-te que voltes agora para mim?... Já houve um tempo em que eras louca por mim o suficiente para fazeres isso, mas hoje simplesmente já não és capaz de me amar assim... Nem assim, nem doutra forma qualquer. Já não me amas mais, lembras-te?... Nunca me esquecerei dessas tuas últimas palavras...* ***"Não... Já não te amo mais...".*** *Então, lutar porquê?... E para quê?... Se me amasses, nem que fosse apenas um pouco, por mais pequeno que fosse esse "pouco", tu bem sabes que lutaria como um tigre para te recuperar. Tu conheces-me. Sabes que sim... Mas, se não me amas mais, a minha luta deixa de fazer sentido... Sendo assim, resigno-me à derrota, e deixo cair as minhas armas... É o fim... Tudo indica que sim... Essa batalha eu perdi...*

Caio de joelhos no chão, derramando minhas lágrimas, e elevo minha voz ao Céu...

Perdoa-me Mestre... Dei o melhor de mim, mas perdi, Amigo... Perdoa-me... Dá-me outro combate, por favor, para que possa honrar Teu Nome - (Afinal És o meu Mestre... Não posso perder vergonhosamente assim... Manchei meu nome e o Teu, Pai... Perdoas-me?... Dás-me uma nova chance?... 'Tás ai, Amigo?... Por favor, Tu não... Não te afastes Pai... Seria mesmo o meu fim...) - mostrar o meu coração, e a minha extrema capacidade de amar... Não me abandones Tu também, Pai...

Resta-me partir para longe. Para poder lamber as minhas feridas. Resta-me, simplesmente, partir para não sofrer... Quem sabe se um dia hei-de voltar?...

*

Tenho de partir... Não me obrigues a explicar-te as minhas razões. Seria magoar-te de novo, e prometi, não a ti mas a mim próprio, que nunca mais te magoaria. Há coisas que é melhor não mexer nelas, e essa é simplemente uma delas... Aceita simplesmente que tenho de partir. Preciso - (mesmo!) - de partir... Não que esteja a fugir de nada nem de ninguém, mas talvez esteja - (e vá) - à procura de mim mesmo... Percebes agora, meu Anjo, porque tenho mesmo de partir?... Tenho de me encontrar primeiro para te poder dizer depois quem sou... Mas, sinceramente, sabes que eu preferia que descobrisses isso por ti... Estamos a fazer um caminho, às vezes, um pouco tortuoso, eu sei... Mas *também sei que chegamos até aqui... Um dia disseste-me - (ou melhor, mandaste-me sms a dizer isso) - que nada, nem ninguém, nos iria separar. E ainda dizias que só nós poderíamos fazer isso, e que nunca faríamos isso connosco... É, meu amor, parece que alguém o fez, parece que alguém desistiu de nós... E o que mais me dói é que tu é que desististe... Se fosse outra pessoa qualquer, mas tu?... Pôh amor, tu desististe mesmo de mim?... Que esperança há para mim?... Quando tu não me aceitares como sou, qundo tu não fores capaz de me amar, mais ninguém será capaz de me aceitar, e de me amar, então, é impossível mesmo!... E o Amor virará apenas um sonho para mim, porque mais ninguém será capaz de me amar... Amar-me como tu, então, é simplesmente impossível... Pôh amor, a sério, desististe de mim?... Desististe de nós?... Tens mesmo a certeza?... A sério, nunca imaginei que tal cenário fosse possível entre nós... Uma coisa é discutirmos, separarmo-nos, para respirarmos um pouco, e descansarmos um do outro, durante alguns dias, outra coisa é separarmo-nos definitivamente, e perder-te para sempre... Ah... E cadê o teu **"No matter what"** agora?... Onde ficou a tua célebre frase: **"Quem ama perdoa tudo. Quem ama luta sempre..."**?... Eu sei que a culpa foi minha amor, mas foda-se, já ultrapassamos muito pior. E sabes disso. No fundo, tens é o orgulho ferido. E tens todo o direito de estares magoada comigo, nunca te disse o contrário... Atingi a tua auto-estima, eu sei... Pensas que não sei o quanto eu te magoei?... Pensas que foi fácil para mim?... Achas que está sendo fácil para mim?... Disseste-me que querias voltar para mim, que queres voltar para mim, que voltavas para mim... Mas sei que o disseste por medo... Aceitaste voltar para mim, e fazer amor comigo, por medo... Eu sei... Senti isso...Viste que hesitei... Parei... Expliquei-te o porquê de me sentir assim, e de ter agido contigo da maneira que agi contigo nos últimos dias... Percebeste. Depois fizeste amor* comigo. Falamos tão bem depois, agarradinhos um ao outro... Até abracadinhos de conchinha tivemos... E agora vens falar-me em medo ?... Não era suposto ser mais fácil amar-te?... Porra, já foi tão fácil ser teu... Já foi possível, e tão real, que um dia fosses minha... E, nessa altura, era tudo tão mais fácil... Tuas palavras ainda ressoam nos meus ouvidos... Agora estão perdidas numa carta tua qualquer... **"Pensei que fosse ser tão difícil amar- te, e vivermos esse nosso Amor... Onde estão agora os obstáculos?..."**. Lembras-te disso?... Eu nunca me esqueci... Agora sou eu que te pergunto: **"Quais são os teus obstáculos agora...**?". Porque dantes não vias obstáculos ao nosso Amor, e agora os vês constantemente, e em todo o lado?... O único obstáculo ao nosso Amor aqui agora, és tu... E só tu não consegues ver isso... Hoje simplesmente não consigo ser feliz... Sem ti é simplesmente impossível... Mas já houve um dia em que fui muito feliz, só por me deixares te amar...

*

*Estou farto de estar só... Nunca me fizera perguntas. Não era agora que iria começar. Sabia que não teria respostas. Não iria simplesmente inventar desculpas nem, muito menos, especular respostas. O que não tem remédio, remediado está. E, se calhar, as coisas entre nós, têm de ficar mesmo assim. Eu sei lá. Eu já não sei de nada... Andei muito depressa para tentar fugir a essa dor. E já não sei o que estou a fazer. Agora preciso de esperar um pouco para que a minha Alma me alcance... Ando completamente perdido nos meus pensamentos. Pedaços indistintos de recordações atravessam-me a memória, enquanto o meu corpo se mantém friamente indiferente à mágoa que a nossa separação me trouxe... (ou pelo menos tentava ficar...). Sabia que se eu continuasse a fugir, nunca mais teria paz. Eu teria de encarar de frente, e enfrentar, essa dor... Faz parte da arte de saber viver nunca regatear com a oportunidade. E tive várias oportunidades de simplesmente deixar a dor sair... E de partir de mim, e de meu coração, para sempre, definitivamente mesmo. Mas não fui capaz... O que sentia, e que sinto, por ti, não foi capaz de deixar... Há um ditado que diz que: "**Aqueles que perderam tudo o que tinham, estão em melhor posição do que muita gente. Porque, a partir dessa altura, só têm a***

ganhar."... *Agora que te perdi - (e tu eras o meu mundo, eras tudo o que eu tinha...) - agora que perdi tudo isso, não estou a ver como posso vir a ganhar alguma coisa com essa perda, mas pronto... Fiz uma pausa nas minhas recordações e dei lugar aos meus pensamentos... (É, meu amor, recordações e pensamentos são coisas diferentes... Podes te recordar apenas do passado mas podes pensar não só no presente como também no futuro...). E lembro-me de ter pensado assim:*

Não tenho saudades dela, não tenho saudades de mim, nem sequer tenho saudades de nós... Não tenho saudades de nada... Amanhã é o dia de hoje. E o dia de hoje nunca chega a existir... Pois, quando pensas nele, já é passado. Foi o presente, a dádiva que Deus te deu, e que não soubeste aproveitar... O que mais me seduz no passado não é o presente que nunca foi, mas sim o presente que não é nunca... Então para quê pensar nele?... Estou só, e sinto-me bem assim...

*

Mas eu estou aqui a tentar convencer a quem?... Estou a tentar convencer que não a amo, e que não preciso dela, a quem?... Só posso estar a tentar convencer-me a mim próprio, de certeza. Só pode... Ninguém acreditaria em mim se eu o dissesse a alguém... Mais vale encarar, duma vez por todas, a verdade. Não consigo esquecê-la. Ponto. No fundo, eu sabia que ainda a amava e que, mais uma vez, eu estava em fase de negação, usando-a como forma de protecção... O meu maior medo era vir a magoar-me de novo, e eu sabia que alimentar a ideia de voltar para ela, era fazer crescer a minha dor. A vida ensinou-me a nunca alimentar falsas esperanças. É uma boa maneira de evitar sofrer... E eu não podia deixar crescer, nem um pouco mais, a minha dor... Não... Isso eu não o podia admitir... O sofrimento nasce quando esperamos que os outros nos amem como nós imaginamos, e não como o Amor se deve manifestar - livre, sem controle, guiando-nos, e levando-nos com a sua força, impedindo-nos de parar... Isso é dar liberdade ao amor... Isso é saber amar... Isso é ser livre... Se calhar, eu quis que ela me amasse da maneira que eu esperava, como eu queria, como eu achava que merecia... Ela também... E ela sabia-o... Mas uma hipótese contrária parecia dar-lhe prazer, o velho prazer da humilhação. O eterno prazer do desamparo do Outono e da solidão... Não te peço para perceberes isso. Ainda estou a tentar perceber. Acredita... Se calhar a separação, e a liberdade de cada um de nós, tenha sido mesmo o melhor para nós dois... Nunca te esqueças meu amor, que a liberadde não é a ausência de compromissos, mas sim a capacidade que temos de escolher o que é melhor para nós. E o melhor para nós, nesse momento, é sermos livres... Mesmo que eu quisesse fazer algo, e mudar alguma coisa, o facto, a triste realidade mesmo, é que já não havia mais nada que eu pudesse fazer... Ou deixava de pensar em ti ou enlouquecia... E resolvi simplesmente, e definitivamente, esquecer-te... Já se passaram semanas e não consigo. Eu ainda hoje tento e não consigo. Acreditas?... Quem és tu que me fizeste um dia amar assim?... Que tipo de animal sou eu que pus fim a um Amor lindo assim?... Por medo de diminuir, muitas vezes, deixamos de crescer. Por medo de chorar, deixamos de sorrir. Por medo de te perder, te amei. Por medo do teu Amor, te perdi... Tinha-me achado quando te encontrei, e agora perdi-me de mim, porque te perdi a ti... E agora que já não posso te voltar a ter, como faço para me recuperar a mim?....

Diz-me, meu Anjo, que isso ainda não é o fim...

*

*Já diz o tal provérbio: **"O medo de errar é a porta que nos tranca no castelo de mediocridade"**... Quando te perdi, achava ser um direito meu tentar recuperar-te, e pensava estar a fazer o que era correcto, o que era certo, e suposto, eu fazer. Mas não estava... Porque, se decidiste optar pela nossa separação, quem sou eu para contrariar essa tua decisão?... Logo, eu estava errando ao tentar-te convencer a voltares para mim quando, no fundo, era exactamente isso que não querias... Realmente esse meu erro trancou-me no castelo da mediocridade, pois era medíocre sequer pensar que pudesses voltar para mim. Ridículo mesmo seria se voltasses. Mais ridículo ainda seria se me aceitasses de volta... E só tu e eu sabemos o porquê, e isso basta. Basta-me. Basta-nos. Basta!... Nem sequer quero pensar nesse assunto. Foi isso que que nos levou à ruptura definitiva. Pára de pensar... Basta!... Mas às vezes - (só às vezes...) - ainda suspiro a pensar em ti, e sinto que tudo regressa de novo... Esses meus "suspiros" acontecem com muito mais frequência do que eu gostaria de reconhecer... É a minha culpa a* *sair, aos poucos, de dentro de mim... Pelo menos nunca te acusei de nada. Nunca te culpei de nada. Sempre carreguei todas as culpas sozinho. E comigo... Afinal a culpa foi, é, e será sempre, só minha... E, por mais que me custe admitir isso, custar-me-ia muito mais mentir, e dizer que a culpa tinha sido tua... Sabes que sim... Conheces-me um pouco melhor do que isso...*

*

*O **John Legend** está a dar-me cabo da cabeça. Aquela música **"All of me"** é qualquer coisa que mexe com toda a minha estrutura. Nem te sei explicar... Simplesmente não sei - (não consigo mesmo!) - ouvi-la sem chorar... Porra, mas porquê?... A letra está perfeita... Mas a verdade mesmo é que, quando o ouço a cantar: **"My head's under water but I'm breathing fine..."**, não consigo evitar chorar... O que queres que faça?... Deve ser da idade, sei lá... Sempre fui muito sensível - (demasiado até...) - e sempre tive um coração de manteiga, eu sei, mas* *de há uns tempos para cá, foda-se, até pareço uma mulher com o periodo, ando sempre com a lágrima no canto do olho, e qualquer coisa é motivo para deixar cair, e soltar, algumas das minhas amigas aqui... Digo que são minhas amigas porque, sempre que as minhas lágrimas aparecem, carregam, e levam, consigo, um pouco da minha dor... Elas carregam um pouco da minha dor, logo são mais minhas amigas do que tu... Tu não só não levaste a minha dor, como ainda me deixaste a tua comigo. E fiquei com a minha, e com a tua, dor. É muita dor para um Homem só... Só eu sei como sobrevivo. E digo "sobrevivo", porque foi, e é, mesmo assim. Eu sem ti não vivo; sobrevivo. Foda-se... Ainda me custa a acreditar que nos separamos. Os nosso amigos comuns, (os mais chegados), quando lhes contei, ninguém acreditou em mim. Todos eles pensavam que eu estava brincando quando lhes disse que já não estávamos juntos. Até hoje ninguém percebeu. Nem eu. Principalmente eu... Todos esses meses depois, ainda continuo à procura de respostas. Procuro-me, e reviro-me todo dentro de mim, tenho de achar onde falhei, onde está o grave erro que contigo cometi, para saires da minha vida assim... Que mágoa tão grande foi essa que te dei?... Porque me fizeste isso?... A mim, a ti, e a nós?... Onde estás?... Onde estou?... Quem sou eu?... Sem ti?... Não sou nada nem ninguém... E, sinceramente, não sei se quero algum dia voltar a ser alguma coisa outra vez. Depois de ti, não me restou nada. Então, deixa-me ser esse "nada", esse grão de pó na beira da estrada, deixa-me simplesmente ser esse "nada "que sou eu...*

My head's under water but I'm breathing fine...

*

Tenho feito dessas páginas um diário da minha dor, quase como que se fossem ***"Crónicas de um Homem só"****... Isso faz-me lembrar algo que publiquei num livro meu - (****"Diário de um Homem esquecido"****...) - e que passo a transcrever, talvez para que possas me conhecer um pouco melhor e, quem sabe até, perceber um pouco mais de mim... Quem sabe se, se o conseguires, acabas por perceber um pouco mais de ti também?...*

Crónica dum sábado esquecido...

E aqui estou eu sozinho, num sábado à noite, sentado numa mesa esquecida, no canto de um bar que não conheço, num sítio qualquer... É apenas mais um sábado à noite... Não vou para discotecas nem para a "night", como costumam dizer... Daqui a pouco vou para casa, vou deitar-me na minha cama e, ao fechar os meus olhos, vou mais uma vez entrar no "meu mundo". No "meu infinito"... E o "meu infinito" não é um infinito qualquer. É o "meu" infinito. Um mundo infinitamente sensível e onde a liberdade está ao alcance de qualquer um... Um mundo onde não há guerra, não há dor, nem mágoa, nem Amor... Simplesmente a ausência dos sentidos... Para quê sentir, se é no sentir que está o sofrer?... Para quê sofrer, se é nele que se encontra a dor?... Para quê senti-la, se é ela que nos traz a mágoa?... E com a mágoa, vem o desalento, a apatia, a vontade de não mais viver... E essa vontade é pior do que morrer... E essa vontade só se encontra na vossa realidade, pois na minha realidade, simplesmente a realidade não existe... Simplesmente existe sim, a irrealidade do existir, do sentir, do sofrer... E é nesse mundo em que eu vivo, em que eu me refugio, e é para lá que vou sempre que escrevo, pois escrevo, sem pensar e sem sentir... Já **Fernando Pessoa** *dizia que* **"Pensar é não existir"** *e que* **"Sentir é estar distraído"**. *Concordo plenamente... Porque quando penso, deixo de existir na vossa realidade, para entrar num mundo que só eu conheço, e na ausência dos sentidos não se pensa. Apenas se É... É o ser-se SER na sua plenitude... Lá apenas SOU e não penso... Mas lá também não sinto, pois se sentisse estaria distraído pensando em algo que me faria sentir... E eu não sinto nem penso... Apenas Sou... Sou o Ser que não é Ser... Sou a existência inexistente, sou a inexistência presente... Aqui, agora... Nessa mesa, nesse canto desse bar que não conheço, num sítio qualquer... Sou a vibração duma energia que já não é, que já não existe, e que apenas se limita a ser... O ser e o não ser... A existir e a não existir... Um ser que não pensa, que não sente, e apenas é o que não sou... Ou seja, nada!... E é esse nada que quero sempre, e eternamente, ser... O tudo e o nada... O despojamento total de tudo o que é suposto existir... A presença banal, e extremamente reconfortante, de ser o que não sou... O nada, o inexistente, e tudo o que guardo em minha mente... E é por pensar no que não penso, e sentir o que não sinto, que sou o que não sou, e que mostro o que sou, ao escrever nesse pedaço de* papel, numa mesa esquecida, num canto de um bar que não conheço, num sítio qualquer... Apenas sou o que não sou, e que nem gostaria de ser... Apenas sou...

Deus, como é que algo que escrevi há tantos anos atrás, pode voltar a ser uma coisa tão real na minha vida?... Apercebi-me de que há um ciclo que se repete, uma dor que não acaba, um abismo emocional que, por razões que me são desconhecidas - (acredita!) - não consigo transpôr. E, simplesmente, porque tenho medo... Medo de não conseguir encontrar ninguém como tu... E, como sei que nunca irei encontrar ninguém assim, simplesmente deixei de procurar. Seria perder o meu tempo, eu sei. Tenho a certeza!... E, como não há soluções finais para as respostas que procuro, a melhor forma de fazê-lo é na ficção. Por isso escrevo... Eu e o meu papel cá nos vamos entendendo. Nele derramo toda a minha dor, e depois dela toda exposta nele, rasgo-o, jogando-o no balde de lixo, quase como que se acreditasse - (ingenuamente, claro...) - que pudesse metê-la, definitivamente, no lixo, ou reciclá-la noutra coisa qualquer...

Ashes to ashes, dust to dust... (As cinzas às cinzas, o pó ao pó...)

My head's under water but I'm breathing fine...

*

Tenho de entender o que sou depois de ti... Mesmo que doa. Mesmo que venha a descobrir que nada restou de mim depois de ti... O pouco que havia de mim, levaste contigo. E agora nada encontro de mim em mim. O que foi feito do meu "Eu"?... Se nada existe de "Nós", e se o meu "Eu" anda perdido por aí, o que me resta?... Tu!... Porque "Nós" é a soma de Eu mais Tu, mas se substraires o "Eu" do "Nós", finalmente perceberás porque só resta Tu... Se o meu "Eu" não está em mim, e em ti também não, me pergunto agora por onde andará. Tens visto o meu "Eu" por aí?... Nunca mais me vi a mim... Partiste... Saíste da minha vida, lembras-te?... Eu era teu, levaste-me contigo. E agora como queres que saiba de mim, se não sei onde estás?... Onde andas?... Porque não voltas?... Onde estás que não me procuras?... O que é feito de ti?... Levaste-me a mim, deixando-me vazio por dentro. E deixaste-me, em vez disso, a tua dor dentro de mim... E foi essa dor que me preencheu... E hoje já nada resta de mim... Como queres que te diga quem sou?...

*

Recordo agora o que não vivi contigo. Não eras a maneira mais certa de eu viver, eu sei... Mas eras, e és, com toda a minha certeza, a minha única maneira possível. E a melhor. Definitivamente... E bastava-me isso para estar tudo bem, para poder encaixar todas as peças desse grande puzzle que somos nós... Mas entender o quê?... O Amor não entende, nem quer fazer-se compreender. Ele é incompreensível. Por isso pertence ao mundo da emoção e não ao mundo da razão... E por isso, e apenas por isso, o Amor apenas se consegue sentir. E nunca, nunca mesmo, será compreendido. Quanto mais racionalizado... Não há racionalização possível para o Amor... Já o grande ***Mestre Pessoa*** *disse um dia:* ***"Não penses. Apenas sente..."****... Ah, Mestre...*

Amarmos alguém, no fundo, é estarmos incansavelmente preparados para aquilo que sabemos que nunca acontecerá... Então, para quê complicar?... Ama e pronto. O Amor não é complicado. As pessoas é que o são... Eu, sem ti, continuo. Continuo-me... Talvez apenas esteja à procura de mim... Por acaso sabes, meu amor, em que altura do percurso da minha vida me perdi?... Viste-me por aí?... Se me vires, diz-me para voltar para casa... Tenho saudades de mim, tenho saudades de ti, morro de saudades de nós... És o fim do meu mundo e o começo de mim... Quero-te pelo que és... Mas quero-te mais ainda pelo que me fazes ser, e sentir, quando estou contigo... Uma vez disseste-me: ***"Um dia abandono-te só para te poder amar outra vez..."****. Como eu adorava que agora afirmasses:* ***"Comecei a amar-te no dia em que abandonei..."****, tal como no livro* ***"Prometo falhar"*** *do* ***Pedro Chagas Freitas****. Mas isso só mesmo em filme ou em livro, my love, porque, na realidade, ambos sabemos que as coisas não são bem assim...*

*

Já **Daniel de Sá** dizia: **"A melhor forma de ficar na ilha é sair dela..."** e, usando agora essa analogia, tenta perceber o meu raciocínio quando te digo que, quando saíste da minha vida para sempre, mais te entranhaste no meu coração... Para sempre... Tu bem sabes que ficaste, que ficas, e que ficarás comigo, para sempre. Guardar-te-ei para sempre num cantinho muito especial dentro de mim e do meu coração... Já te disse que é eterno o que sinto por ti... O Amor é como a ironia da vida, que apenas dura o tempo necessário para se tornar eterna. Ou, no mínimo, inesquecível... E o nosso Amor é eterno. E tu tornaste-te inesquecível... Mas, não sei porquê, algo me diz que ainda vais voltar... Impossível?... O mais curioso nos amores impossíveis é que, às vezes - (só às vezes...) - acontecem... Acredita!... Olha, por exemplo... Lembras-te quando me conheceste?... Julgavas ser impossível esse nosso Amor e, olha, vê lá tu até onde nós chegamos... A vida tem coisas do caralho, não tem?... E, exactamente por eu saber disso, e por ter a certeza de seres a pessoa menos provável no mundo para me fazer feliz - (Nada te explica na minha vida, a sério... Nem, muito menos, o que sinto por ti...) - talvez seja essa a razão de *seres tudo o que eu procuro... Amo-te ainda tanto que, às vezes, ainda me pergunto quantas vezes é possível amar-te pela primeira vez... Sabe a pouco o que consigo ser sem ti... Sem ti não sou nada. Como pode saber a alguma coisa?... Não sei porque perco tempo a escrever sobre ti mas, provavelmente, esta até seja a melhor forma de, por ti, chorar... Faço do papel, confessionário, e da caneta, a minha boca... As lágrimas?... Essas são a minha dor, e vão disfarçadas de tinta, que deixo escorrer lentamente para o papel... Há a urgência de uma redenção quando um Homem chora assim...*

***Eloi, Eloi, Lama Sabachthâni**...* (* Deus meu, Deus meu, porque me abandonaste?...)*

*

Entre a dor da tua ausência e a dor de te ter, há uma outra dor... É a dor que sinto... Essa dor chama-se morrer... É a dor de não te ter... Ainda ouço as tuas últimas palavras antes de me pedires que me afastasse...

Amo-te tanto. Tanto, tanto... E, provavelmente, hei-de te sempre amar até ao fim dos meus dias, afinal foste, e és, o grande Amor da minha vida. Só que já não gosto mais de ti... Perdoa-me...

Vou sentir a tua falta, eu sei... Mas também irás sentir, e muito, a minha, também sei... E, no fundo, sabes disso...

*

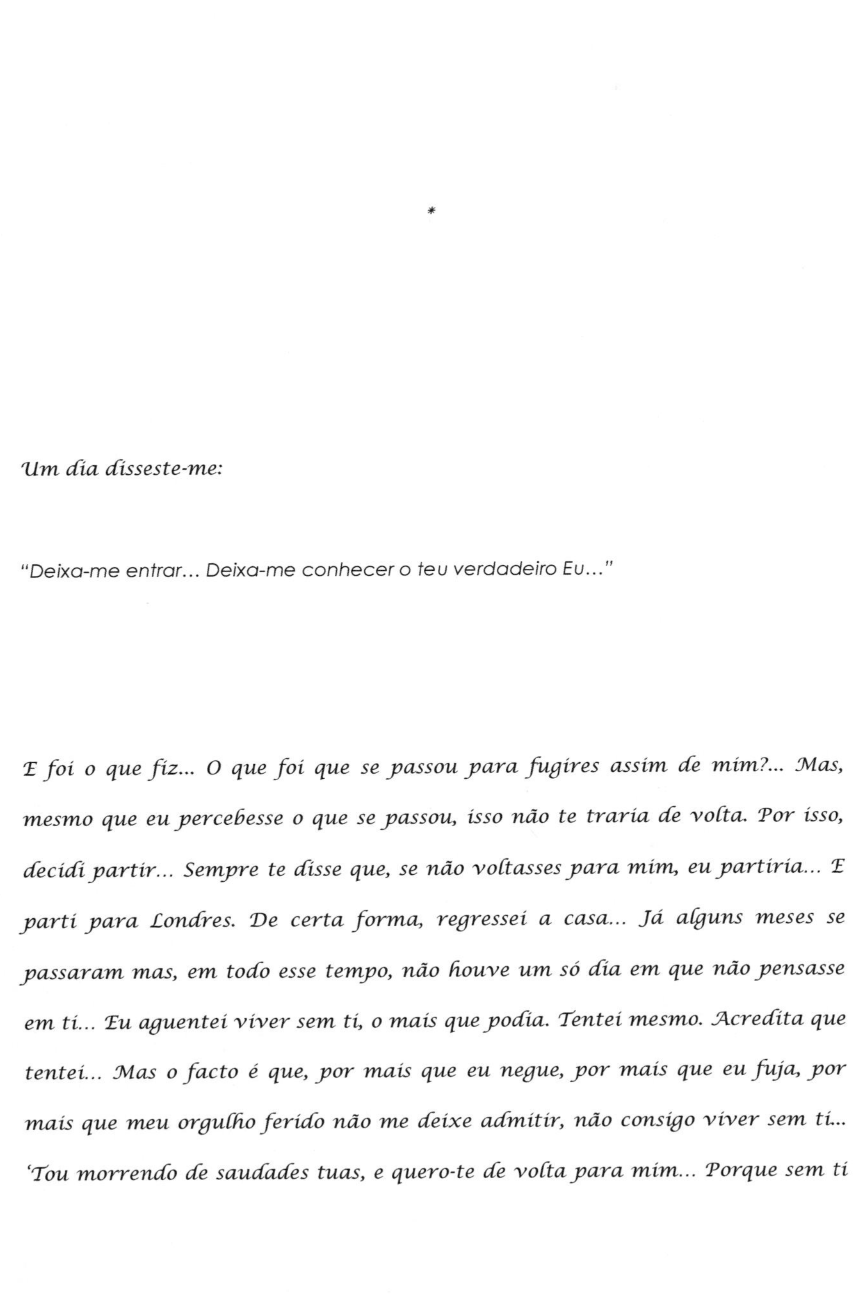

Um dia disseste-me:

"Deixa-me entrar... Deixa-me conhecer o teu verdadeiro Eu..."

E foi o que fiz... O que foi que se passou para fugires assim de mim?... Mas, mesmo que eu percebesse o que se passou, isso não te traria de volta. Por isso, decidi partir... Sempre te disse que, se não voltasses para mim, eu partiria... E parti para Londres. De certa forma, regressei a casa... Já alguns meses se passaram mas, em todo esse tempo, não houve um só dia em que não pensasse em ti... Eu aguentei viver sem ti, o mais que podia. Tentei mesmo. Acredita que tentei... Mas o facto é que, por mais que eu negue, por mais que eu fuja, por mais que meu orgulho ferido não me deixe admitir, não consigo viver sem ti... 'Tou morrendo de saudades tuas, e quero-te de volta para mim... Porque sem ti nada presta, nem nada está como deve ser... Às vezes ainda me pergunto: " **Se a minha vida tivesse tomado um rumo diferente, onde estaria agora?... E como estaria a minha vida agora, neste preciso momento?...**". Para desanuviar um pouco, decidi dar um passeio, e dirigi-me à **Tower Bridge**... Mas nem toda a beleza do **Rio Thames** à noite me conseguiu levantar o ânimo. Nem mesmo a imponência, e a extrema beleza, do **Palácio de Westminster**, e do **Big Ben** - (perfeito em todos os seus pormenores) - me conseguiu arrancar um sorriso, por mais pequeno que fosse... A beleza exterior de tudo isso nada me dizia, afinal Londres não é estranha para mim... Nem eu para ela... Eu e ela já temos a nossa história, my love... Pensavas que era só tu e eu que tínhamos uma história linda e triste?... Minha vida começou muito antes de ti, meu Anjo... Já conhecia Londres muito antes de te conhecer a ti, bebé... Aliás, foi por ter regressado de lá que te conheci... Se nunca abandonasse o Reino Unido, nunca te teria conhecido... Nunca te teria amado... Nem tu a mim... Durou muito pouco tempo, eu sei, mas foi muito lindo o Amor que juntos vivemos, também sei... Achas que me esqueci?... Achas que algum dia me esquecerei do Amor lindo, e mágico, que juntos vivemos?... És simplesmente inesquecível... Sabes que sim... Tal como também sei que eu já tinha uma vida antes de ti. Mas também sei, meu Anjo, que não sei onde a vida me irá levar depois de ti... Mas uma outra coisa também sei... É que a vida tem coisas do caralho e, com sorte, ainda voltas para mim e eu para ti... Depois de tudo o que a vida já me ensinou, e de tudo o que já vi, e vivi, nessa vida, acredito que ainda seja, e é, possível, que no meio de toda a merda que se passou entre nós, e que nos fez separar, que voltemos um para o outro, que fiquemos juntos outra vez, e que até sejamos mais felizes dessa vez... Não acreditas?... Pois... Nem eu, às vezes... Só às *vezes... Ando assim... Que queres que faça?... Deve ser da nostalgia de recordar-te... Agora apenas penso:*

"De que me vale Londres sem ti?... Vou mais longe... De que me vale toda a minha vida sem ti?...

Mas voltando ao que te estava a dizer... A beleza exterior de tudo isso nada me dizia nem, muito menos, me preenchia... A beleza que me diz tudo, tu bem sabes, meu amor, que é a beleza interior... E a pouca que tinha, levaste-a contigo... Sinto-me agora vazio por dentro. E sinto-me assim desde o dia em que te perdi... Sinto um vazio enorme por dentro, uma vontade de chorar constante, um aperto no peito, uma dor que não passa, e que teima em não passar, enraizando-se a cada dia mais fundo em mim, essa dor que me sufoca, e que não passa, mesmo quando choro... Não sei o que se passa comigo. Nem, muito menos, o que sinto... Não te sei explicar, amor... Desculpa... Sempre te disse: ***"De que me vale Londres, e toda a sua beleza, sem ti?"****... Já agora, só me faltava ir a Paris sem ti... Um dia prometi-te que te levava a Paris, lembras-te?... Pôh, nunca pensei em lá voltar sem ti... Agora diz-me, meu Anjo, como cumpro o que te prometi?... Seria lá em Paris que te iria pedir em casamento, lembras-te?... Prometi-te isso. Eu nunca me esqueci. Sonhei tanta vez com isso... Se achaste a entrega do anel que te dei no Relvão um momento lindo e inesquecível, se te pedisse em casamento no* ***Champs du Mars****, com a* ***Torre Eiffel*** *ao fundo toda iluminada, tu passavas-te, porque não só te aperceberias, como sentirias, a carga imensa de Amor que existe nesse lugar, tal como toda a* cidade - (Porque achas que chamam **Paris** de **"A Cidade do Amor"**, e de **"A Cidade da Luz**?...) - como quase o tocarias, sentindo que o Amor não só é real, como até é bem palpável... Quase consegues vê-lo até... Se eu fosse lá sozinho a Paris, apenas me restaria chorar por ti, por mim, por nós, e por tudo aquilo que um dia já fomos, e que hoje infelizmente já não somos, porque nos perdemos um ao outro pelo caminho... O facto é que agora estava a mais de 3000 kms de ti... E estava sozinho... E o pior é que eu sabia que essa era a minha triste verdade... Estava de novo sozinho... Nunca na minha vida, depois de te conhecer, poderia imaginar que pudesse ficar sozinho outra vez, afinal sempre me imaginei a viver contigo ao meu lado para o resto dos meus dias, logo tal coisa na minha mente - (viver sozinho) - era simplesmente inconcebível... Impossível mesmo... Por vezes me perguntava porque tinha voltado para Londres?... Para te esquecer ou, simplesmente, para fugir de mim próprio e do que sentia?... Devo-me ter esquecido que, onde quer que vamos, carregamos as nossas emoções, os nossos problemas, e as nossas dores, connosco... Consequentemente, eu iria continuar a sofrer... Eu mudei o lugar exterior onde vivia, quando devia era mudar, no meu interior, a forma como me estava a sentir... E só depois de encontrar a minha paz interior, é que eu deveria partir... E não foi isso que fiz... Parti pelos motivos errados e na pior altura possível... Eu sabia... Logo, eu sabia, antecipadamente, que iria sofrer... E o facto é que ainda estou sofrendo... Pensei que longe de ti fosse mais fácil, mas tornou-se, inevitavelmente, insuportável... Devia voltar e enfrentar a minha dor, para que, depois de ultrapassá-la, pudesse finalmente, e definitivamente, partir... Quem sabe dessa vez para nunca mais voltar?... Se eu tivesse partido em paz, acredito que dificilmente voltaria aqui... Mas eu não estou resolvido por dentro... Tu ainda me incomodas muito... Só eu sei o quanto ainda te amo... Só eu... Algo me diz *que tenho mesmo de voltar... E que vou mesmo, inevitavelmente, voltar... Será?... Deixa-me ouvir o que o meu coração tem para me dizer... 'Peraí...*

*

Tenho mantido contacto com a Lúcia pelo ***Facebook****, e pelo* ***Skype****, quase diariamente. Ela contou-me que tem falado contigo na tentativa de, para além de te tentar ajudar a ultrapassar esta fase, que também está sendo difícil para ti, de tentar encontrar algumas respostas, para, quem sabe, tentar trazer algumas até mim... É... A Lúcia é um Anjo, acredita!... Ela disse-me que vocês tiveram essa conversa... Vou-te contar como ela me contou, e da melhor forma que me lembro... Passo a transcrever:*

- No fundo, ele sabia que fingir que vocês não queriam estar juntos, isso exigia tamanho esforço de vocês dois, que se tornou inevitável que um de vocês dois cedesse… Ele cedeu e tu afastaste-te… Por isso, quanto mais te afastavas, mais inseguro ele se sentia e, consequentemente, mais possessivo se tornava… Nunca percebeste que tudo aquilo era medo de te perder?… Ele soube te amar, não soube foi te manter… Mas ele deu o seu melhor, acredita… Mas falhou… E ele sabe… Porque achas que ele não se consegue perdoar?… Porque achas que ele partiu para longe?… Era inevitável que, ao lhe desprezares, que despertasses o lado pior que havia nele, e aquele que havia sido um dia o teu anjo, virasse repentinamente, do nada, o teu maior demónio… É natural… Ele pensou que estivesses a ser ingrata com ele, depois de tudo o que ele fez por ti… E o facto, meu amor, e aqui só entre nós, sabes muito bem que como Escritora, não só não tinhas ainda realizado o teu sonho de o seres, como nunca terias chegado até onde chegaste, sem ele… Sabes disso. Eu sei, e ele sabe. E já é muita gente a saber… Mas fica descansada. Fica só entre nós. Não sai daqui... Mas o facto é que ele sabe, muito melhor do que tu e eu, tudo o que fez por ti, e sentiu repentinamente, também assim do nada, todo o teu desprezo, e indiferença, por ele… Como esperavas que ele reagisse, fofinha?... Ponto. Percebeste agora?... Daí a agressividade dele ao sentir a tua ingratidão… Se é que se pode chamar agressivo a alguém por ter dado uma bofetada à namorada - (desde que não se torne um hábito, claro...). Merdas acontecem. E sabes disso… E o que é uma reles bofetada perante todo o Amor que ele te deu, e perante tudo o que vocês viveram, e que se amaram, practicamente desde o dia em que se conheceram?... Nada!... Achas que vocês nunca mais irão discutir?... Claro que vão. Mas nunca te esqueças sagrada, que a força do Amor de um casal vê-se não é quando está tudo bem, mas sim quando as coisas correm mal… Ele nunca te disse:

Não digas que me amas quando estiver tudo bem entre nós, mas sim quando as coisas não estiverem bem, ou quando, de alguma forma, eu te magoar… Embora não

mereça, são exactamente nessas alturas que eu preciso mais que me ames, e que preciso mais ouvir isso de ti... Amo-te muito... No matter what?...

- E agora, já que ele não está aqui para te perguntar isso - (sei, tenho a certeza mesmo, que se ele estivesse aqui, que ele te faria essa mesma pergunta...) - sou eu que agora te pergunto: **"Onde está toda a força desse Amor que tens, ou que dizias ter, por ele, agora?**... *Acho que, no fundo, és um pouco mimada ainda e, talvez por isso, ainda não o conseguiste perdoar... E, talvez, por seres um pouco orgulhosa demais também... Ele sempre me disse assim:*

Amiga, ela era super fofinha, e amorosa, quando tudo corria bem entre nós - (ou devo dizer, "como ela queria que corresse entre nós?"...) - mas quando as coisas começavam a ficar mal, ou estavam mal, entre nós, ela preferia acabar tudo comigo do que lutar por nós... Foda-se, isso esgota qualquer um... Eu é que sempre lutei por nós, mesmo quando ela deixou de acreditar que fosse possível... Mesmo até quando a distância entre nós já era tanta, que eu comecei a desconfiar que talvez - (só talvez...) - ela pudesse ter razão... Ela não pode dizer que a culpa foi só minha. Eu assumi a minha culpa. Significa que sou uma pessoa madura e humilde, e que continuo a crescer, apesar do meu erro. E ela, apesar de ser a parte ofendida, deveria lembrar-se que sempre lhe perdoei todas as merdas que ela me fez - (E não foram assim tão poucas quanto isso... Aquela "carinha de anjo" engana muito, acredita...) - logo, pela lógica, ela deveria me perdoar agora também... Ela deveria admitir que, nisso, ela ainda precisa - (e tem de) - crescer um pouco mais... Ela perdoa a quem não merece, e não consegue perdoar a um Homem como eu, que era, e sou, capaz de dar a minha vida por ela sem pensar duas vezes... Amo-a a esse ponto assim... E o que mais me dói é que ela não parece saber disso, e eu pensava que ela conhecia a dimensão, e a força, do meu Amor por ela, Amiga...

- Cresce amiga... E tenta recuperar não o Homem mas o Anjo que perdeste... Nem imaginas o quanto me custa ver o meu melhor Amigo a sofrer dessa maneira... E sofro muito mais por ver vocês assim tão longe um do outro, e separados dessa forma tão triste assim... Porra, ele te ama tanto... E tu também o amas muito, eu sei... Tenho a certeza!... Porque não lhe pedes para voltar?... Tenho a certeza de que, se o fizesses, ele abandonaria Londres no mesmo dia por ti... Ele viria voando, acredita!... Tenta...

- Não sei...

- Nunca saberás se nunca o fizeres...

Só mesmo a Lúcia... Já te disse que aquela Mulher é um Anjo... Tu é que não acreditas... De tão boa, e pura, que ela é, às vezes - (só às vezes...) - quase que lhe consigo ver as asas... E tu, onde costumas arrumar as tuas?... Nunca vi as tuas asas, meu Anjo, mas senti-as tanta, tanta vez... Ou seja, sempre que me abraçavas...

*

Entre várias cartas espalhadas e emails perdidos, ela foi simplesmente recordando cada pedaço dele, e da relação que eles haviam vivido... Esse mail falava duma discussão que eles tinham tido um pouco antes de acabarem e algumas semanas antes dele partir definitivamente para o Reino Unido...

Um dos muitos *emails* que escrevi para ti...

Meu Anjo:

Disseste-me que não eras indiferente, mas o facto é que se não for eu a dar-te um toque, ou a pedir-te que me ligues para trás, raramente o fazes por iniciativa própria... Acredito 100% em ti, apenas achei estranho começares um teste duas horas antes de começares as aulas... Daí a minha pergunta... Se deu em discussão, a culpa não foi só minha - (a porra é que para ti todas as discussões que temos, a culpa é sempre minha e, sempre, só minha)... Se me explicasses melhor, não teríamos discutido mas, como sempre, explicas-me sempre bem as coisas é sempre depois de discutirmos, e de nos ofendermos mutuamente. Dá sempre merda, ou quase sempre... E sabes muito bem disso... Desconfiei que pudesses estar a esconder-me o facto de ires para a Universidade logo de manhã, e que preferisses estar lá do que estar comigo, quando poderias vir ter comigo... Mas tudo bem... Desculpa se me preocupo com o pouco tempo que ainda podemos desfrutar na companhia um do outro, mas é como eu sempre te disse, e digo: Tu é que sabes... Afirmavas que **"ninguém muda dum dia para o outro"**?... Hum... Não sei se acredito... Isso vai da vontade de cada um, e do motivo que leva cada pessoa a mudar... Nesse caso, podias dar-me mais atenção, amor e carinho - (prometeste-me ontem que, a partir de agora, o farias, e vê no que deu a tua extrema preocupação, e atenção, para comigo...) - pois, se bem me lembro, já desde o ano passado que me dizes que esse ano serias diferente, mais fofinha, mais amorosa, menos complicada, com menos flutuações de humor, enfim... Mas, pelos vistos... Não precisas de trazer o papel do professor, mas para quem diz nunca mentir, mentiste-me desacaradamente dessa vez... No outro dia mentiste-me numa coisa tão simples, como te perguntar se estavas na Biblioteca - (eu estava-te a ouvir a teclar...) - e disseste-me que não estavas lá... Depois disseste-me que estavas na Biblioteca... Mas foi preciso eu te dizer que estava-te ouvindo teclar... Agora imagina, se numa coisa tão simples me mentiste, o que se há-de dizer de coisas mais complexas, e mais importantes?... Dá-me que pensar, no mínimo... Hum... Será que me mentiste alguma vez mais?... Disseste-me ontem que tinhas 20 minutos de chamadas, já nem me lembrava, mas é natural que fique desconfiado se tens chamadas ou não, porque, inicialmente, disseste-me que ias ficar sem saldo no dia 8... E, como passas a vida a desligar-me o telemóvel na cara, pensei que fosse mais uma pancada tua, e que me tivesses desligado mesmo na cara... Again... A tua palavra vale muito para mim... Sempre valeu... Mas desde que sejas coerente comigo, e, acima de tudo, contigo, coisa que não sabes ser há muito tempo... E, não... Nunca me deixaste pendurado. Deves andar a comer muito queijo, de certeza. Se quiseres, lembro-te de cada vez que o fizeste. E que nem me disseste nada... Nem na altura em que o fizeste, nem sequer depois... Eu é que tive de chegar a todas essas respostas sozinho. E sabes disso... E depois vieste, e vens, com desculpas de merda... Tive de aceitá-las todas, e perdoar-te sempre tudo... Se quiseres, refresco-te a memória... E se não estás cumprindo a tua parte, sempre me falando do nosso passado amoroso, também posso fazer o mesmo... Ei pá, se queres jogar assim, também tenho muitas coisas do nosso passado amoroso que nunca me respondeste, nem me esclareceste, e noutras até me mentiste... Se quiseres, posso tas lembrar... E sim, já me deixaste pendurado sem me avisares... E várias vezes... Depois lembro-te, com pormenores até, se quiseres... Se vens, vem por ti, por mim, por nós... Não venhas só para eu não dizer depois que me deixaste pendurado... Dispenso a ironia e o sarcasmo... Dizes que não é estranho ter um teste duas horas antes de começar as aulas?... Se me tivesses explicado direitinho tudo, desde o princípio, já não dava a merda que deu... Mas contigo já estou acostumado, dá sempre merda, é sempre assim... Queres aparecer, aparece... Queres ligar, liga... Não queres aparecer, nem ligar, isso é problema teu e não meu, tu é que vais viver com isso depois na tua consciência, e não eu... Se desconfiei, tive motivo, e se não acreditei, e se dizias *mesmo a verdade, então tudo não passou dum mal-entendido... Desculpa... Se te magoei injustamente, perdoa-me... Nunca foi essa a minha intenção... Mas vê se vens amanhã, porque essa pode ser - (talvez até seja mesmo...) - a nossa última conversa... Depois percebes porquê... Fui convidado para assistir a um evento qualquer sobre o Dia Mundial da Poesia em Lisboa, mas nem sequer sei se vou, porque nem sequer sei se estou em Portugal nessa altura...Vai depender, e muito, da conversa que tivermos amanhã... Ah, e achas mesmo que depois das sms lindas que me mandaste hoje de manhã, que eu criei, ou inventei, essa discussão de propósito?... Pensei que me conhecesses um pouco melhor do que isso... E depois perguntas-me porque é que eu hesito em voltar para ti, ou em querer aceitar-te de volta... Prometes mudar e nunca mudas... Mas é como já te disse... Amanhã resolvo o meu destino... Mesmo que não apareças - (Se não apareceres, o facto de não apareceres, já e uma resposta tua...) - o meu destimo será decidido amanhã... Até amanhã, my love... E, por mais ridiculo que te possa parecer... Amo-te mesmo muito... Beijo...*

*

Nessa noite mandei-te uma sms a dizer-te que estava com dificuldade em dormir... Peguntaste-me porquê, e disse-te que naquela cama já haviamos feito amor dezenas de vezes, mas que nunca tínhamos passado a noite juntos nela, e ainda te disse que, ainda com o teu cheiro nos meus lençóis, eu não conseguia simplesmente dormir... Lembro-me que ainda te disse que o meu maior sonho era que um dia pudéssemos acordar ao lado um do outro, pois era sinal que já tínhamos passado a nossa primeira noite juntos... Pode parecer irónico até esse meu desejo, uma vez que já fizemos amor tanta vez, mas eu queria era mesmo dormir, e acordar, bem agarradinho a ti... Vê lá tu o que encontrei quando cheguei à minha caixa de correio electrónico...

Amor:

Nunca pude acordar ao teu lado, mas sempre adormeci contigo... O meu relógio não pára de contar os segundos, mas quando estou contigo o tempo devia ser interminável, devia parar como nos filmes, mas todos sabemos que a vida não é um filme em que podemos gravar a mesma cena várias vezes até ficar perfeita. Queria eu que fosse assim, assim podia estar sempre nos teus braços porque de todas as vezes que gravasse cenas contigo, iria cometer pequenos erros só para repetir tudo uma vez mais, para te beijar uma vez mais, te abraçar uma vez mais, deitar-me nos teus braços uma vez mais, estar contigo uma vez mais... Mas a vida não é assim, é como uma peça improvisada, porque quando as peças são improvisadas, não temos oportunidade de as repetir, tudo é dito, e feito, uma única vez. Depois pode haver espaço para repensar nas atitudes, para os aplausos pela coragem, e tempo para os remorsos nos atormentarem, para pesar na balança a escolha que teria sido a mais acertada, ou as palavras que deveriam ter sido ditas e que nunca chegaram a ser pronunciadas. E sei, que se o tempo não é assim, por vezes a culpa é minha, sei que me devia desligar do mundo quando estou contigo porque, quando estou contigo, passas a ser o meu mundo mas, por vezes, é tudo tão mais complicado, e eu sinto-me indefesa. Mas são nestas alturas, e noutras tantas, que não me sinto sozinha, que me lembro do calor do teu abraço, da tua constante presença invisível quase toda a hora e que "No Matter What" estás sempre aqui... Sabes que este já foi só o nosso mundo, mas sabes que já foi de outros também, e que agora voltou a ser só nosso de novo, e por isto ser um grande segredo, é que fico com medo de o destruir sem me aperceber... Que posso eu dizer?... Sou descuidada ao amar-te, não sei esconder a alegria que sinto por estar apaixonada por ti, por te amar, ou a felicidade que é ser tua namorada, mesmo que ninguém saiba, nós sabemos, e é só isso que importa. Não sei esconder o sorriso que me denuncia de estar a namorar contigo, não consigo disfarçar que me deixas na lua com tudo o que me dizes e fazes, da maneira que me olhas, que me abraças, e que fazes amor comigo... Quem és tu que me fazes sentir a namorada mais sortuda do mundo?... Se pudesse, perdia horas a olhar para ti, sentir o toque doce da tua pele, a suavidade dos teus beijos ou, simplesmente, adormecer nos teus braços, e isso não seria perder tempo, seria aproveitá-lo da melhor maneira... Quero perder a noção do tempo contigo, não falo dos minutos que passo contigo, mas das horas que desejo passar, quero ser tua por inteiro, não que não seja, porque não me sei dar às porções, mas para poder ser tua por inteiro, no que toca à liberdade e à eternidade… Fazes tanto por mim e, por vezes, pensas que não reparo nos teus pormenores, preocupas-te em mandar as mensagens mais fofinhas logo mal acordas, porque sabes que assim estás-me a colorir o dia logo pela manhã, por vezes não tenho tempo suficiente, ou falta-me o à vontade para falar ao telefone contigo e, mesmo assim, não te importas, porque sabes que, quando estiver contigo, serei apenas tua… E, mesmo que o mundo me tente roubar naqueles minutos, horas ou segundos, sabes que será impossível. Fazes-me caminhar sobre as nuvens, amas-me da forma mais pura, e demonstras-me da forma mais linda. Dizes ser um sapinho farto de ser beijado sem nunca se transformar num príncipe, e afirmas eu ser a princesa que te faz sentir um, apesar de seres o único que não vês que sempre foste um príncipe, apenas precisavas de uma gata borralheira, como eu, escondida atrás do mundo dos livros, para te mostrar isso, tal como tu me mostraste a Mulher que posso ser… Amo-te tanto que me fazes perder a noção do tempo quando penso em ti, quando te escrevo, ou quando, simplesmente, estou a sonhar contigo. E todos os meus sonhos contigo são lindos, porque em todos eles, tu entras e, em todos eles, continuo a ser tua, embora seja diferente... Nos meus sonhos ando contigo de mãos dadas, beijo-te em frente de todos, e é como se não houvesse mais nada no mundo para fazer senão amar-te, senão fazer-te feliz...

***PS**: Esta era uma carta que te iria entregar mais tarde, mas não há hora de escrever para ti, todas as horas são boas para te escrever, para te amar, para parar o mundo e para dizer que te amo. Os instantes não existem sendo perfeitos, mas cada momento ao teu lado foi perfeito, digno de ser gravado nas páginas vazias de um livro esquecido, e escondido debaixo das raízes de uma árvore, de um jardim qualquer, merecidos de serem gravados, e recordados, para sempre… Só queria dizer que te amo… AMO-TE MUITO… É verdadeiro, é real, é eterno…*

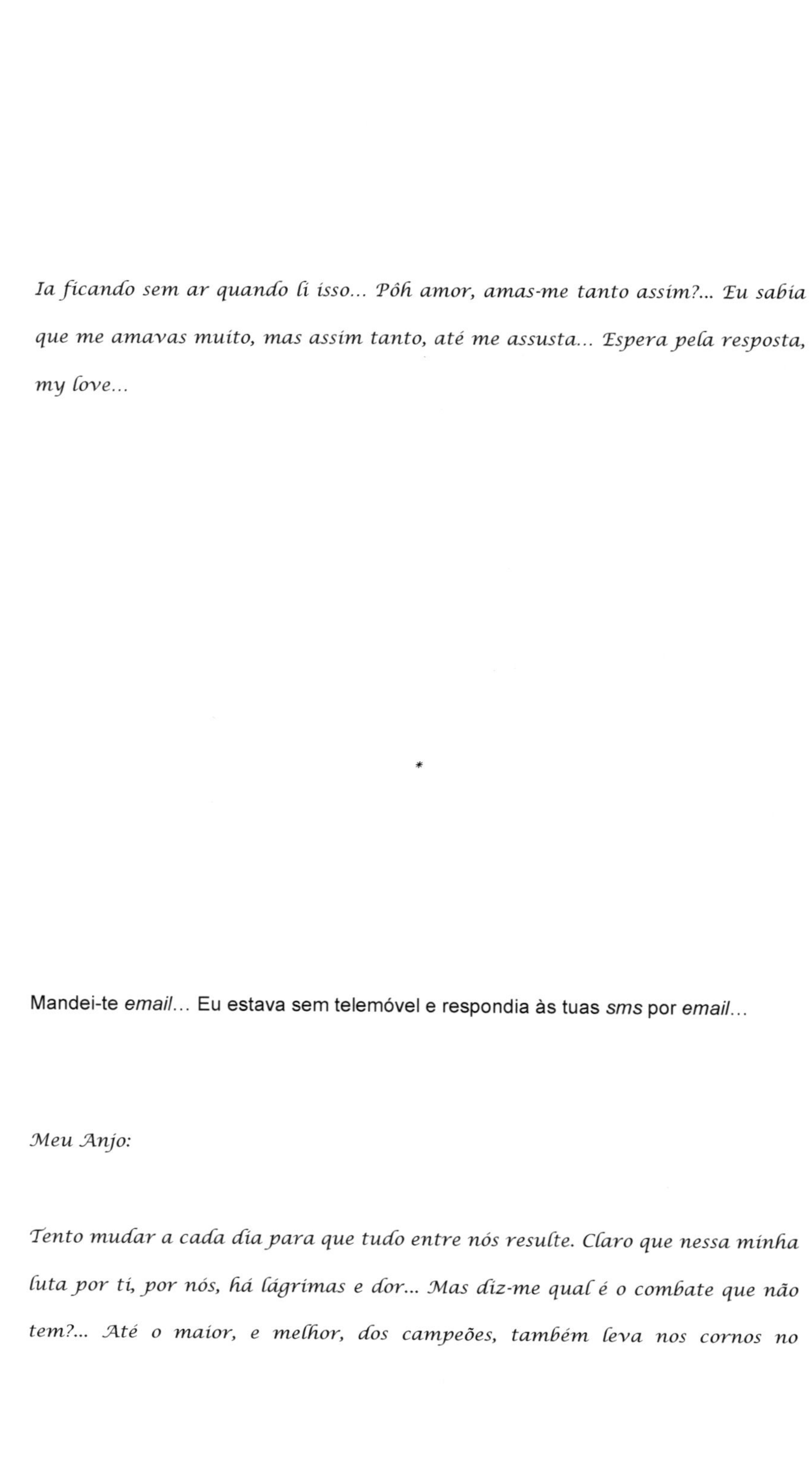

Ia ficando sem ar quando li isso... Pôh amor, amas-me tanto assim?... Eu sabia que me amavas muito, mas assim tanto, até me assusta... Espera pela resposta, my love...

*

Mandei-te *email*... Eu estava sem telemóvel e respondia às tuas *sms* por *email*...

Meu Anjo:

Tento mudar a cada dia para que tudo entre nós resulte. Claro que nessa minha luta por ti, por nós, há lágrimas e dor... Mas diz-me qual é o combate que não tem?... Até o maior, e melhor, dos campeões, também leva nos cornos no ringue... Mas, no fundo, não interessa não é a porrada que ele leva, mas sim a que ele aguenta. E que, no fim, ele vença!... Assim somos nós... Já te magoei muito, e tu a mim também, mas ainda estamos aqui!... Depois de tudo o que passamos, depois de tudo o que nos magoamos, perdoamo-nos tudo, e amamo-nos sempre... Como espero que seja sempre!... Dizes ter orgulho em mim?... Obrigada!... Mas não tenhas orgulho em mim... Não em mim. Mas sim naquilo que me faz vencer... Já te explico, meu Anjo... Não deves sentir orgulho em mim, mas sim no que sinto por ti... Isso é o que me faz vencer... Afinal vivo, respiro, amo, e escrevo, é por ti, logo é o meu Amor por ti, o teu por mim, e o Amor que nos une, que me dá garra para vencer em tudo... Afinal meu amor, nunca te esqueças meu Anjo, que também venço é por ti... Tu é que me dás forças para tudo, não sabias?... Em que Amor achas que me inspiro para escrever os meus romances, e os meus livros de poesia?... Quem achas que me dá forças a cada manhã para me levantar, e que me dá a garra que tenho de ter para lutar como um tigre?... És TU!... A essa altura do campeonato pensei que já soubesses isso... Sabes que sim... Mas também sei que, se perder algum combate, vais estar lá para me abraçar no fim... Vais-me ajudar a sair do ringue, vais tratar das minhas feridas, vais olhar por mim, e tratar de mim, até eu ficar bom... E quando eu ficar bom, vou é lutar por ti, por nós, e pelo nosso Amor... Logo só posso vencer!... No matter what!... Tento ser para ti um exemplo como Escritor porque, se eu consigo, quero demonstrar-te, com o meu sucesso, que também tu o consegues... Como namorado, tento dar-te sempre o melhor de mim... Sei que nem sempre consigo. Mas tento sempre... E tornas a minha "luta" sempre muito mais fácil... Perdoas-me sempre... Não quero dizer com isso que o facto de me perdoares sempre, me dá o direito de errar contigo sempre que eu quiser, pois sei que me perdoarás... Não!... Isso seria nojento da *minha parte, e sabes que eu não sou assim... Mas é por me perdoares sempre - (Até o imperdoável, perdoaste-me... Tu bem sabes ao que eu me refiro...) - que te amo assim tanto... E amo-te muito por outras coisas mais, que nem sequer te digo. Prefiro que as sintas... E que as descubras por ti... A descoberta do Amor é a mais linda viagem que uma Alma pode fazer... O encontro de duas Almas que se cruzam no meio dessa viagem, em que descobrem o Amor juntos, é aquilo que se chama de Amor Perfeito, ou o encontro de duas Almas Gémeas... É o que acho que somos... Só pode ser... Quem és tu?... Pergunto eu... Respondes-me simplesmente:*

Eu?... Sou apenas o reflexo de ti... Sou o teu reflexo, amor... Sempre que olhas nos meus olhos não vês o meu Amor por ti. Vês o meu Amor por ti a olhar para ti... Quem sou eu?... Eu?... Eu sou Tu!... Sou a parte que te completa... Sem ti não sou nada, e tu sem mim, NADA és... Mas porra, juntos somos TUDO!...

Por outras palavras talvez mas, no fundo, era isso que me dirias. Eu conheço-te miúda... Sei que sim... Sempre pedi a Deus uma namorada assim... Pôh, obrigada... As sms que me mandas foi as que sempre sonhei que alguém mas mandasse um dia.... O Amor que me tens, e a forma como me amas, sempre pedi a Deus que alguém me amasse assim um dia... E que um dia eu pudesse ter, e viver, um Amor assim... Pedia-Lhe todos os dias... Agora só Lhe agradeço todos os dias... Eu, simplesmente, vi - (e vejo!...) - em ti tudo aquilo que não consigo ser... Admiro-te muito e amo-te mais ainda... Não te peço que mudes. Deixa-te estar assim... És perfeita assim mesmo, exactamente como és... Eras assim quando me apaixonei por ti... Quem sou eu agora para te pedir que mudes?... Se mudares, muda por ti, e nunca por mim... (Nem por ninguém...). Espero, muito sinceramente, que não, mas se um dia nos separarmos, não quero que digas, ou que penses, que mudaste por mim, e que se não és feliz, que a culpa é minha... Amor, cresce por ti... Ama por ti. Por Deus. Pelos outros. Por tudo e por todos... Mas sem nunca deixares de ser quem és, nem como és... Se tu, desde que te apaixonaste por mim, percebeste que a tua vida não só não faz sentido, como não existe sem eu fazer parte dela, imagina eu a ti, o quanto te amo, e a importância que tens para mim, que te amo a ti há muito mais tempo do que tu me amas a mim?... Tu não fazes parte da minha vida, tu ÉS a minha vida, def... Tola mais fofa do meu coração... Obrigada por colorires a minha Alma, e a minha vida, dessa forma linda assim... Quem diz que o Amor é azul, é tolo e mentiroso, é daltónico, e não te conhece... Afinal o Amor tem a tua cor... Desculpa amor, tem a "nossa" cor... Eu crio o teu sorriso?... Onde achas que nasce o meu?... O meu sorriso nasce, e vive, em ti... E, através de ti, é que ele sobrevive. E existe!... Tu é que me fazes sorrir, porque tu é que me trouxeste outra vez a alegria de viver, e fizeste-me acreditar de novo no Amor, por me amares dessa forma intensa, incompreensível, incondicional, e arrebatadora, assim... Quem és tu que quase dás cabo de mim?... Quase rebento de Amor, miúda... Vai com calma... Posso explodir de tanta felicidade... Os teus olhos brilham porque me amas?... Não!... Os teus olhos brilham porque os meus olhos espelham o meu Amor por ti, e sempre que me olhas é simplesmente o que vês... Vês simplesmente o que sinto por ti... Por isso, sorris... Porque achas que me fazes sorrir tanto?... É por esse Amor todo que me tens, e por saber que sou correspondido... Ah, e por falar nisso, esquece quem não correspondeu o teu Amor no passado. No fundo, ele até te/nos fez um favor. Ao não te valorizar, afastou-te, perdeu-te, e tu, simplesmente, encontraste o caminho até mim... Se as coisas tivessem sido diferentes entre vocês, talvez ainda estivessem juntos, e não fosses assim tão feliz como és agora comigo... Espero corresponder sempre ao teu Amor por mim, e quando não corresponder, alerta-me, e mudo por ti, e por nós. E pelo nosso Amor. Sabes que sim... Ah, e mais importante... Não te sintas culpada nem, muito menos, uma "puta" pela forma como perdeste a virgindade. Quando amamos, ou estamos apaixonados, não conseguimos ser racionais nem, muito menos, sermos sensatos. Amavas... Não pensaste... Fizeste... Arrependeste-te... E, por isso, hoje em dia pensas sempre muito bem antes de fazeres as coisas, e fazes tudo para nunca magoar ninguém, para que ninguém passe o que tu passaste... Pensas que não sei?... Tu é que pensas que não te conheço... Com ele, aprendeste a crescer pela dor... Eu ensinar-te-ei a crescer pelo Amor... E é tão fácil ser feliz... Basta amar... E deixarmo-nos amar... E não é o que fazemos?... Por isso somos tão felizes assim... Queres me fazer mais feliz?... Desiste... Impossível!... Basta manteres-te como estás e seres como és... Queres ser o meu refúgio?... Já és o meu refúgio há quase um ano sem o saberes... Amo-te há muito tempo... Que me lembre, desde Abril do ano passado... Tu é que pensas que te amo há menos tempo... Outra coisa, amor... Estou pensando ir uns tempos até ao Reino Unido outra vez... Se a coisa correr bem, até sou bem capaz de ficar a viver por lá mesmo. E depois haverias de ir ter comigo... Ei amor, está tudo a correr bem... Melhor mesmo só se tivesses aqui comigo... E podes até ainda não acordar a meu lado, mas acredita que terás a vida toda para o fazer... Sabes que sim... Eu te amo muito, muito, muito, muito... Beijo...

*

Outro *email*...

"My love:

Estou aqui sentado no quarto onde pela primeira vez fizemos amor, sentado na minha secretária de sempre, a escrever para ti, como sempre... Sabes bem que não é nesse quarto que durmo, mas também sabes que é para aqui que venho escrever... Podes é não saber a razão... É aqui nesse quarto que sinto mais a tua presença... Tu bem sabes que, nessa casa, já vou no 3º quarto. Cada vez que discutimos, e que nos separamos, tu bem sabes que mudo logo de quarto. Apesar de não estar agora aqui nesse quarto, para mim esse quarto é muito especial, muito mesmo, pois foi aqui que tudo começou... A maior parte das vezes que fizemos amor, foi aqui nesse quarto, os dois rituais de amor que fizemos -

(fizeste-me um e fiz-te outro, lembras-te?... Eu nunca me esquecerei...) - foi aqui nesse quarto, tal como foi aqui nesse quarto que começamos, e acabamos, tanta, tanta, vez... E quantas vezes, nesse quarto, fizemos amor?... Quantas vezes choramos, discutimos, fazemos as pazes, nos abraçamos, nos beijamos, nos separamos, e voltamos um para o outro, aqui nesse quarto?... Se o Relvão guarda as raízes da nossa história, foi aqui nesse quarto que nasceu a flor do nosso amor... ***Miósotis****... (segundo a tua escolha)...* ***Miósotis*** *que significa* ***"Não me esqueças"*** *em várias línguas... Hoje, agora, nesse momento em que te escrevo, me pergunto porque quererias que eu nunca te esquecesse?... (como se isso fosse possível...). Será que, por acaso, já sabias que nos íamos separar, e me pedias simplesmente que, no matter what, eu te recordasse?... (como se fosse possível não te lembrar...). Sei lá... Há tanta coisa em ti que não sei... E, pelos vistos, nunca saberei... Pois... Alguém desistiu de nós... Acreditas?... É, mas é verdade, meu Anjo... Mas não quero falar em coisas que me façam sofrer... Depois de mandares o email do dia 12 de Março, já era difícil acreditar que já não me amavas - (mesmo já tendo perdido quase toda a esperança de voltares para mim...) - mas depois de ler essa carta que me escreveste, é-me simplesmente impossível acreditar que algum dia tivesses deixado de me amar... Porque achas que me é tão difícil aceitar essa nossa separação?... Amas-me tanto como eu a ti, eu sei... Porra, eu não estou a ver em que é que o teu Amor por mim não pode superar... Sabes que pode... Só não queres, porra... Só não percebo o porquê... E tu bem sabes o quanto odeio ficar sem respostas... Não dar-me as respostas que preciso depois de todo o Amor que te dei, e do Amor lindo que a gente viveu, é cuspir na minha cara, é simplesmente cagar no que eu sinto, e desprezar o nosso Amor... E isso, perdoa-me, my love, mas eu simplesmente não posso admitir... Três dias antes das férias da Páscoa, depois de fazermos amor, e*

ainda sentada toda nua em cima de mim, quiseste-me ler uma carta. Afirmaste que a querias ler porque sabias que era a última oportunidade que tinhas de o fazer... (Ainda hoje me pergunto porque achavas que pudesse ser a tua última oportunidade para me leres aquela carta...). Estarias a referir-te à tua última oportunidade de ma leres antes das férias da Páscoa - (sim, porque na 6ª feira davas férias e não podias vir ter comigo, logo era a última vez que estávamos juntos antes das férias da Páscoa, e ambos sabíamos que não nos iríamos ver durante o tempo das férias... Impossível mesmo, eu sei...) - ou já pensavas em acabar tudo comigo?... Se assim o pensavas, é claro que aquela era a tua última oportunidade de me leres aquela carta... Sei que não podias sair de casa sozinha nas férias... Agora sei que não podias fazer nada... Talvez já tenha percebido isso já tarde demais, também sei... Mas queres que faça o quê?... Sempre foi a falta de comunicação entre nós que nos levou a grandes discussões, e consequentes, rupturas... Não estranhes eu pensar assim, afinal, um pouco depois disso, pediste-me um tempo para pensares o que querias dessa nossa relação... Afirmaste que precisavas encontrar-te a ti própria, e procurares respostas dentro de ti... O estranho mesmo é que me pediste um tempo no timing perfeito para ti, e no timing mais estranho para mim... Querias as férias da Páscoa para pensares... Era uma boa maneira de não te chatear durante as férias para te encontrares comigo... Para te encontrares comigo durante as férias, isso significaria enfrentares a tua família, e inventares uma desculpa para te ausentares, para poderes estar comigo, e simplesmente sabias que não eras capaz de o fazer... Por isso, pediste-me um tempo para pensar... Devo confessar que foi uma boa estratégia... Foste esperta, subestimaste foi a minha inteligência. Pensaste, simplesmente, que eu não iria perceber... Quando me *apercebi porque me tinhas pedido o tempo, passei-me... Depois dizes não perceber porque tenho certas atitudes... Não seria mais fácil me dizeres?:*

Amor, sabes que é quase impossível ver-te nas férias, tu bem sabes que sou super controlada dentro, e fora, de casa, pela minha família... Porque não aproveitamos esses dias para darmos um pouco de descanso um ao outro?... Claro que podíamos trocar sms e tudo, mas seria bom, para nós dois, se ficássemos uns dias sem nos vermos, não achas?... Que dizes?...

Sabes que eu perceberia e que, acima de tudo, respeitaria... Afinal o que é que eu não faço por ti?... Mas, voltando um pouco atrás... O facto é que as férias acabaram, as aulas começaram, e no primeiro dia de aulas, logo de manhã - (sabia que entravas às 10h30, logo eu já sabia que te ia ver às 9h00 da manhã na Biblioteca) - sentaste-te no computador mesmo à minha frente, não tinha mais ninguém na sala, só nós, e, mesmo assim, não me deste "Bom dia", nem sequer me disseste se já tinhas a resposta para mim, ou não... Simplesmente me desprezaste com a tua indiferença do costume... Já bastava três semanas de silêncio, não?... Três semanas a mandar emails e sms, todos os dias e nunca, nunca mesmo, me respondeste... Durante todo esse tempo fui ignorado... Durante todo esse tempo fiquei sem respostas, e sem saber o que fazer nem, muito menos, o que pensar... Como achas que me senti?... Tens noção?... Não é só tu que sofres nessa história, meu Anjo... A história da nossa dor tem duas personagens. Mas às vezes - (só às vezes) - parece que te esqueces disso... Não merecia todo esse desprezo, e toda essa indiferença, da tua parte... Isso não se faz... Uma coisa é não me quereres mais, outra coisa é me desprezares dessa maneira... Se tiveres de sair dessa relação, sai da mesma forma que entraste: com dignidade... Mas não o soubeste fazer... Por isso explodi... Não quero nada - (nunca quis!...) - em troca por nada do que faço, sabes disso, mas odeio ingratidão das pessoas a quem ajudo, e que só bem lhes faço. Quando sinto ingratidão, passo-me... Se essa pessoa me ignora, me despreza, ou me dá indiferença, abre-se uma janela killer, e expludo... (Tu bem sabes que quando se abre uma janela killer, todas as outras janelas se fecham... Dá uma "branca" na pessoa, como vulgarmente dizem por aí...)... Por isso explodi, e tive as atitudes que tive... Mas voltando à carta... Na altura não ta deixei ler, porque só tinhas mais dez minutos para poderes estar comigo, e eu queria fazer amor contigo mais uma vez... Não foi difícil dar-te a volta... No fim até me agradeceste. Saíste mais feliz, e mais leve, aqui de casa... Essa casa carrega uma grande parte da nossa história... É... Em três quartos dessa casa, temos um pedaço da nossa história... É muita história para uma casa só... Se o Relvão carrega as raízes do nosso Amor, e se nesse quarto nasceu a Flor do Amor que nos une, onde achas que nasceu a árvore do nosso Amor?... Foi nessa casa, amor... Já reparaste que posso até mudar constantemente de quarto nessa casa, mas que nunca saio dela?... Já te perguntaste porquê?... Voltando à carta (again...)... Mal sabia eu que iria me arrepender tanto por não te ter deixado ler aquela carta... Depois acabamos e eu aí, nesse mesmo momento, tive a certeza de que nunca iria saber do que me tinhas escrito - (e que tanto me quiseste ler...) - naquela carta... Nessa mesma altura, vieram-me à cabeça as tuas palavras:

Tenho mesmo de te ler essa carta agora... É a última oportunidade que tenho de o fazer...

Estava tudo cada vez mais estranho... Percebes agora porque quis tanto essa carta?... Desculpa... Sei que não foi a forma mais correcta de obter essa carta, mas eu tinha de a ter de qualquer maneira. Não quero que na minha vida, nem muito menos na tua, nem na nossa, fique nenhum ciclo por se fechar, nem nada por fazer nem, muito menos, por dizer... Só assim as coisas fazem sentido... Até a dor que passamos faz sentido... Um dia percebes...

*

No dia seguinte logo pela manhã, na Biblioteca, deste-me uma carta e sete envelopes, cada um deles com uma pista...

A carta:

Neste jardim vivemos um momento incrível, um momento que marcou a nossa história, com duas promessas fechadas numa caixa. Já te estás a recordar?... Foi o dia em que me ofereceste o anel que simbolizava o nosso Amor, o dia em que ali naquele banco me prometeste duas coisas: ***1ª*** *- Irias me amar para sempre, e* ***2ª*** *- Prometeste-me um dia levares-me a Paris, onde por entre linhas deixaste escapar que seria lá que me pedirias em casamento um dia. Lembro-me que, quando cheguei ao Relvão, abriste-me logo os braços à espera que corresse para eles, e saltasse para o teu colo, como as cenas que só acontecem nos filmes... Claro que não saltei, mas imaginei-me a fazê-lo. Depois sentamo-nos naquele que se tornou o nosso banco, onde lá tinhas um saco com uma surpresa para mim, e depois deste-me uma caixa de cartão com o nome de* *uma Ourivesaria. Quando retirei de lá de dentro a caixinha com o lacinho, julguei que o que estaria lá dentro seria um anel mas, quando abri-a, deparei-me com ela vazia. E, ao veres a minha cara de surpresa, deste-me a verdadeira surpresa: Uma caixa com a imagem da Torre Eiffel, com uma foto tua de braços abertos a convidar-me para me juntar a ti em Paris, como na foto colada na tampa. Por dentro vinha, no fundo, forrada com esferovite em bolinhas cor de laranja, uma vela cor-de-rosa, e a esponja com o anel. Foi no dia 21 de Outubro, embora o nosso Amor tenha sido marcado no dia 17, sexta-feira. Foi um dia lindo, não concordas?... Não foi pelo anel, foi pelo que ele passou a significar na nossa história. Neste mesmo jardim, também me viste a escrever, estavas chateado comigo, mas tudo se resolveu com um abraço, abafado pela máquina do jardineiro. Como podes ver, o Relvão tem, nas suas raízes, gravada parte da nossa história. Escrevi-te uma carta sobre este dia, não sei se a guardaste. Mas tenho a certeza que gravaste cada palavra no teu coração...*

Agora o que tinha no 1º envelope...

Bom dia, amor!... Já pensaste em começares o dia sem ser a teclar?... Desde que te conheço, sempre que a Biblioteca abre, vens logo escrever os teus livros, e eu sei que eles são a tua vida, o teu sustento, mas hoje tenho algo a te dizer: Oponho-me a que passes hoje o dia todo na Biblioteca Pública sem antes passares um pouco do teu dia comigo. Decidi guiar-te por entre as lembranças da nossa história, claro que não vou estar propriamente ao teu lado, mas também não te vou deixar sozinho neste passeio. Proponho-te assim um desafio, pois, para realizarmos esta caminhada pelas lembranças da nossa história, decidi espalhar pistas por vários lugares importantes para nós... Aceitas o desafio?... Se não quiseres, compreendo-te, e ficamos por aqui...

Mas aviso-te de que este passeio está cheio de surpresas pelo caminho. E então, que me dizes?... Vens?... Se sim, a primeira pista está escondida por entre as notícias de hoje, num jornal qualquer, em cima de uma mesa, ou de uma cadeira, qualquer... Tudo começa às 09h30, e lembra-te... Se começares, não podes desistir...

2º envelope...

Ainda bem que aceitaste o desafio... Espero que gostes do que te preparei para o dia de hoje... Sabes que sempre concordamos que a nossa história parecia ter sido escrita por ***Nicholas Sparks*** *e que, apesar de não ter sido, podemos dizer que a nossa história foi, é, e será sempre - (mesmo que um dia acabe...) - à* ***Nicholas Sparks****. Ambos partilhamos o gosto pela leitura, principalmente por podermos devorar quantos livros quisermos sem termos que os comprar. Lembras-te do que me disseste no primeiro dia que nos encontramos para trabalhar?... Neste dia quase perdi a tua proposta de trabalhar contigo por "quase" ter chegado atrasada, mas o importante é que não a perdi... Neste dia mostrei-te uma carta e, neste dia, fizeste-me um pedido muito importante. Não sei o que pensei na altura, mas sei que foi* ***um momento inesquecível****, um momento à* ***Nicholas Sparks****...*

3º envelope...

Sabia que chegarias lá... É impossível esquecer o dia em que me tocaste na mão pela primeira vez, em que me pediste para não me apaixonar por ti, quando sabias que era impossível, e tiveste esta certeza assim que li a carta que me atormentou durante uma noite inteira, até que a passei para o papel. Hoje, essa carta, faz parte de um livro nosso... O próximo passo irá testar a tua memória: Após ter aceitado ser tua namorada platónica, numa mesa qualquer, no canto de uma esplanada qualquer, com o olhar cuirioso de uma empregada qualquer, a verdade é que não ficamos só por ai... O nosso Amor, mesmo no início, era demasiado grande para se limitar a ser platónico, e viemos a selar o nosso Amor, dando o nosso primeiro beijo, baloiçando numa escada qualquer, escondidos de todos. Neste dia escrevemos os nossos nomes numa folha que guardaste, e eu guardei uma flor que um dia também me deste...

4º envelope...

É bom saber que guardas aquele momento, e sei que todos os outros também, com muito carinho. Mereces ser compensado por doares-te todo ao mundo, e a mim, e sempre sem pedires nada em troca. Por vezes, podes pensar que não tenho isto, e tudo o que fazes para me ver feliz, em consideração, mas tenho, e esta é uma das razões pelas quais te faço isso hoje... Antes de seguires até à próxima pista, vai para o Jardim dos Namorados, e lê a carta que te deixo aqui. Quando olho para ti desmancho-me toda; espero que te desmanches também ao leres o que te escrevi... Mas fica atento a cada palavra porque, lá nessa carta, estará implícita a próxima pista...

5º envelope...

Houve uma mudança de planos e, antes de ires para onde a pista anterior te mandou, vamos fazer uma pequena paragem pelo caminho... O lugar para onde vamos, foi um lugar que testemunhou um dos imensos momentos que mais marcou a nossa história, e é um dos poucos lugares que mais me marcou pela sua beleza, embora nem todos pensem assim... Este lugar guarda lágrimas de tristeza, mas também sorrisos de grande cumplicidade, e um abraço abafado pela máquina de um jardineiro qualquer... E o envelope com a 6ª pista não está no nosso banco, pois aquele banco é um lugar de outros amantes também; casais que fogem para aquele lugar, como nós fugimos, e que marcaram ali parte da sua história, tal como um dia gravamos parte da nossa também... Irás o encontrar colado numa torre de luz qualquer...

6º envelope...

Espero que este passeio até aqui não te tenha cansado, pois ainda temos muito para ver... Não podes desistir, além disso, o melhor ainda está para vir, acredita!... Para chegares à próxima pista, terás que andar um pouco e, para além de usares a tua imaginação, terás que usar os teus olhos de Virgem. Escolhi um sítio que conheces bem ou, pelo menos, disseste-me que conhecias. Despedimo-nos lá um dia, vimo-nos lá noutro e, em ambos os dias, uma fotografia gravou aquele momento... Sei que nunca pudemos gravar, nas raízes desse lugar, o Amor que sempre nos uniu... Mas agora vai tratar de ti... Vai almoçar e ganhar energia para o resto desta caminhada. E, como te conheço, e sei que por vezes passas um dia inteiro sem comer, para ter a certeza que vais a casa, e almoças, deixei-te lá uma mensagem importante para a próxima pista...

E os envelopes ficaram-se por aqui... Li tudo, e respondi-te qualquer coisa como isso:

Meu Anjo:

Perguntas se me recordo?... Como posso eu me esquecer, se fui eu que preparei aquele dia para ti?... O Relvão é, e será sempre, o nosso Jardim... E aquele banco é, e será sempre, o nosso banco... Por tudo o que nele se passou... Porque nele eternizamos o nosso Amor... Por tudo o que te recordas, e por tudo o que não esqueço... Prometi-te amar-te para sempre?... Amar-te para sempre não é uma promessa, é um facto... Prometi-te levar-te a Paris?... Só não vens se não quiseres... A promessa, o meu pedido, e o meu desejo, mantêm-se de pé... E é claro que seria lá, na Cidade da Luz, na Cidade do Amor, claro que seria em Paris que te pediria em casamento... Ainda pode acontecer... Basta quereres... Recordas na carta tudo o que se passou ao mais pequeno pormenor, nem da caixinha de Paris te esqueceste... (semanas mais tarde ofereci-te outra caixa em forma de livro - igual à outra caixinha que te ofereci com a imagem de Paris - com a imagem, dessa vez, de Londres por fora, e dentro da caixa, no fundo da tampa, tinha uma foto minha em Londres, com o Big Ben ao fundo, e no fundo da caixinha, entre outras coisas espalhadas em esferovite vermelho, (para condizer com a bandeira do Reino Unido...), estava um pedacinho de papel que dizia:

" Disse-te que te levava a Paris... Nunca te disse que nunca te levaria a Londres... Amo-te muito..."

E tu, lembras-te dessa caixinha?... Nenhuma dessas caixinhas existem agora, mas sei que se eu me recordo de tudo, tenho a certeza absoluta, que tu também... E isso é o que, realmente, importa... Anel, caixas, fotos e cartas, podem até simbolizar o nosso Amor, mas não são o nosso Amor... E nem me vou dar ao trabalho de te explicar isso, porque sei que sabes muito bem a diferença... Isso nem é assunto discutível entre nós... Bem, passando à frente...

Recordo agora também uma caixinha que me deste, em forma de baú, toda forrada de brilhantes - (retirados um a um por ti, e por tua irmã, duma camisa que vestias à noite para dormir... Deus, as coisas que eu sei de ti...). Lá dentro, uma folha de árvore seca, forrando o fundo da caixinha, uma vela redonda branca por cima dela, e alguns brilhantes no fundo da caixinha, por cima da vela, e da folha também - (contrastando com a cor castanha escura da folha da árvore seca... pôh, pensaste em tudo mesmo, amor...) - e no fundo da tampa da caixinha, rodeada de brilhantes, estava uma frase do livro ***"Prometo falhar"*** *do* ***Pedro Chagas Freitas: "Amo-te demasiado para ser verdade"****... (A loira ajudou-te nessa parte... Não sei em quê, mas ajudou-te... Acho que foi a colar os brilhantes à volta da frase, ou a ajudar-te a escrever a frase no fundo da tampa da caixinha, foi uma cena assim...). Vês?... Não me esqueço de nada, e sei muito mais do que pensas que sei sobre ti... E sim, esse dia no Relvão foi lindo, tal como foram lindos todos os dias que passei contigo, mas sei que esse dia tem, e terá sempre, um valor, e um sabor, muito especial para nós dois... Mesmo que um dia esse "Nós", já não faça parte da nossa história, essa parte da tua história e da minha, será sempre só nossa, e nunca deixará de ser nossa... E, sendo parte da nossa história, É a nossa história... E essa é imortal... Eu disse-te que era eterno, my love... O quê?... Vais-me dizer que não acreditaste em mim quando te disse isso?... Quanto ao Amor que dizes sentir por mim - (ou sentiste por mim, já nem sei...) - eu não sei se tem prazo de validade ou não. O meu não tem. O meu Amor por ti é eterno. No matter what... E, quando as circunstâncias te mostrarem o contrário, são exactamente nessas alturas que deves acreditar, mais ainda, que te amo... Porque, de resto, não precisas de acreditar. Basta sentires... Bem, voltando à carta... Dizes que te vi a escrever nesse jardim e que, nesse dia, estava chateado contigo. Acho que foi no dia que* foste à Universidade me devolver os livros que te emprestei, porque tínhamos discutido. Bateste com os livros em cima da mesa e disseste-me: **"Estão aqui os teus livros..."**. Nem olhaste para mim. Voltaste-me as costas e bazaste. Fechei tudo... O computador, a pasta, tudo... E fui correndo atrás de ti... Eu sabia onde te encontrar... Só podias estar num lugar... Só podias estar sentada no nosso banco, lá no Relvão... E estavas... Estavas sentada no nosso banco... Fui-te encontrar sentada no nosso banco, a chorar e a tentar escrever, quase como que se precisasses organizar as tuas ideias e os teus sentimentos, e escrevendo tu o conseguisses... Tu é que pensas que nunca te percebi... Não esperavas que eu fosse aparecer ali de repente... Quando me viste não sabias se havias de enxugar - (para tentar disfarçar) - as tuas lágrimas, ou se havias de esconder, e arrumar, os papéis em que escrevias, como que se me tentasses esconder o que sentias por mim, e o que estavas a sentir naquela altura... (como se isso fosse possível... Sempre foste tão transparente para mim... Sabes que sim...)... Achas que eu me esqueceria desse dia?... Infelizmente já não tenho nem essa, nem nenhuma, carta tua... (rompi-as todas quando acabamos, infelizmente...). Mas sim, tens razão... Guardo cada palavra dessa carta, e de todas as tuas cartas, tal como também guardo todas as palavras que me disseste em todos esses meses, e em todos os momentos que juntos vivemos, em meu coração... Não só as palavras que escreves, como as que dizes... E até mesmo as que nunca disseste... Comunicaste sempre tanto comigo nesse teu silêncio. Também, palavras para quê?... Tudo em ti é Poesia...

*

2ª resposta (o desafio começa...)

Não, nunca pensei começar o meu dia sem teclar. Isso significaria começar o meu dia sem escrever e isso é, simplesmente, impossível my love... Mais do que ser a minha vida, e o meu sustento, escrever é o ar que eu respiro. Definitivamente, escrever, é a minha terapia alternativa... Mas percebi o teu ponto de vista... Mas não precisavas de te opôr a que eu começasse o meu dia a teclar na Biblioteca sem passar primeiro um tempinho contigo... Bastava me pedires. Sabes disso... Mas sim, eu sei que foi força de expressão - (tu é que pensas que não te conheço...)... Amei o teu desafio, principalmente por ser *original... Ao mesmo tempo que me davas pistas, eu iria passar pelos sítios mais importantes, e que marcaram a história, e o percurso, do nosso Amor... Amei mesmo... Lindo... Só tu... Sempre te disse que eras uma "caixinha de surpresas", lembras-te?... Sempre foste original em tudo. Sempre adorei isso em ti... Nem sequer sei se já te tinha dito isso, ou não... Também se não te disse, não faz mal... Coisas muito mais importantes ficaram por dizer entre nós... E essas, sim, são as que eu gostava de te dizer agora e não posso... O que não faria - (nunca faria mesmo!...) - era desistir do desafio, mas devo confessar-te que, nesse momento, é-me impossível aceitá-lo, por não dispôr de pistas suficientes. Eu explico-te... A primeira pista que me dás, leva-me à Multimédia, e encontraria a nova pista no meio dum jornal qualquer... A Multimédia só abre às 9h30, portanto só podia ser lá, no meio daqueles jornais que deixam à entrada, à esquerda quem entra, em cima da mesa, que deixarias a minha nova pista... Essa foi fácil... Mas como não sei que pista iria encontrar, como posso saber o que viria, e o que faria, a seguir?... No 3º envelope é suposto eu já saber o que teria no meio dos jornais, mas o facto é que não sei agora, nesse momento, porque não tive acceso à pista... Como poderia eu seguir em frente?... Falas do* ***Nicholas Sparks*** *e do livro dele* ***"Um momento inesquecível"****... (Ah, e muito obrigada - (fico-te muito agradecido mesmo!...) - por achares que a nossa história foi, é, e que será sempre, uma história à Nicholas Sparks, mesmo que um dia acabe...). Pelo que percebi, continua sendo, né?... Só tu... Claro que me lembro do que te disse e do que te perguntei... Disse-te que, como iríamos começar a escrever um livro os dois, que iríamos passar muito tempo juntos e, por isso, te pedi se querias ser minha namorada platónica, que era para o caso de te vires a apaixonar por mim, para não te dar a hipótese de me tocares, pois é esse o papel do amor platónico... Amar sem tocar... (No fundo, eu já estava apaixonado por ti, e* *apenas estava a tentar proteger-me, porque da maneira que eras - ÉS- linda, se me tocasses, eu desmanchava-me todo... Eu conheço-me...) - e essa foi uma maneira que arranjei de me proteger, para evitar sofrer mais tarde, por ser impossível assumir o que eu sentia e, mais impossível ainda vivermos esse Amor - (pensava eu...). As voltas que a vida dá, né?...). Mas, no fundo - (já não tenho nada a perder, então sinto que já posso te confessar...) - foi uma estratégia de engate... Quando eu te disse que só havia uma condição em te aproximares de mim, perguntaste-me qual... Disse-te que era a mesma condição que a filha do Pastor pediu ao seu novo amigo quando ele quis se aproximar dela... Sorriste porque leste* ***"Um momento inesquecível"*** *do* ***Nicholas Sparks****, e sabes tão bem quanto eu que ela lhe diz:* ***"Só se me prometeres não te apaixonares por mim..."****... Disse-te isso lá na esplanada, no cantinho escondido, lá do Bar da Biblioteca... Foi nesse dia que te peguei na mão pela primeira vez - (senti o teu campo energético vibrar a uma velocidade enorme... pôh, até tremias...) - e te pedi que aceitasses ser minha namorada platónica... Eu já desconfiava mas, nessa altura, eu tive a certeza de que já começavas a te apaixonar por mim também... Senti isso... Não me perguntes como... Apenas senti... Pelos vistos não me enganei... A carta que me mostraste naquele dia vinha de encontro a uma história de um romance meu que eu já havia publicado há já algum tempo - (cerca de 3 meses antes) - nos Estados Unidos, mas que ainda nem sequer tinha chegado a Portugal - (nem chegou ainda... o lançamento desse livro cá será em Setembro ou Outubro desse ano, e isso na melhor das hipóteses... Logo tens de concordar que foi tudo muito estranho, o que escreveste, e o que li naquela carta...), e eu passei-me... Passei-me pelo facto de eu ter bloqueado numa certa parte daquele romance, e eu, como não saia dali, criei um final alternativo - (mas devo confessar que, apesar de ter dado um livro lindo, que ele ficou a anos-*

luz do livro, e do romance, que eu queria que ele tivesse sido...). E a porra toda é que aquilo que tinhas escrito, tinha sido um sonho que tinhas tido na noite anterior, e os pormenores do que sonhaste - (as personagens, a carta, as flores, o jardim, o homem chorando com o envelope na mão, e uma flor na outra, a mulher correndo em seu socorro, no meio daquelas flores daquele jardim...) - tudo isso, para mim, só tinha uma explicação... Algo, ou alguém - (ou, quem sabe, até Deus) - tinha-me mandado uma mensagem através de ti, e de um sonho teu... Daí que nos cruzássemos. Daí a ideia de escrevermos o livro juntos... Para que a mensagem chegasse até mim... Às vezes não sei se Deus te usou apenas para me trazeres essa mensagem até mim, ou se fez tudo isso para que viesses até mim, para que eu visse em ti a mensagem principal: A mensagem do Amor... Ou seja, para que te visse a ti... Sempre te disse que eras uma "oferta" de Deus para mim... O Céu manda "ofertas" aos seus Filhos de vez em quando, não sabias, meu Anjo?... (pensei que, sendo tu um Anjo, já soubesses disso...)... Bem, mas voltando à carta... Afirmas que aceitaste ser minha namorada platónica, mas também dizes que o que sentíamos um pelo outro era demasiado forte para ficarmos só por ali, e que selamos o nosso Amor dando um beijo numas escadas escondidas quaisquer... Foram naquelas escadas que descem do terraço para o pátio interior da Biblioteca... Sentei-te, ou melhor deitei-te, nas minhas pernas, mas antes, em pé, tinha-te beijado pela primeira vez, e só depois nos sentamos... Do beijo me lembro, e bem... (e nunca me esquecerei... Afinal foi o nosso primeiro beijo, como poderia esquecê-lo?)... Da folha seca, em que escrevi os nossos nomes, ja nada sei... Só espero que tenhas guardado a flor que te dei... Pedes-me que leia uma carta no Jardim dos Namorados... Deveria achar essa carta nas escadas escondidas, certo?... Ou no canto escondido da esplanada do Bar da biblioteca?... Como vês, é-me quase impossível não me perder, mas estou fazendo um esforço enorme para chegar lá, mesmo sem as pistas... E mesmo que eu não tenha recebido, nem lido, essa carta, que era suposto eu ler no Jardim dos Namorados, acredita amor que eu até consigo imaginar o que estava lá escrito... (Às vezes me pergunto se chegaste a escrever essa carta, e se a chegaste a escrever, se ainda a tens?...). Se ainda a tens, dás-ma?... Era mesmo muito importante para mim que ma desses... Se nunca a tiver, como vou saber o que tinhas lá escrito?... E tu bem sabes, meu Anjo, que eu odeio ficar sem respostas. Fico sem saber o que pensar, perco o controle das coisas, e detesto isso... Sinto-me perdido assim. Como posso gostar?... Digo-te sinceramente que não seria difícil me desmanchar todo lendo o que me escreveste, mas como posso eu saber se nunca a li?... Dizes para a ler atentamente, porque ela encerra uma pista... Como posso saber qual é a pista, se nunca li a carta?... (Vês como preciso dessa carta?...)... Se não sei qual é a pista, como sei como encontrar o caminho que me leva onde queres que eu chegue?... Mas dizes que, antes de seguir a "próxima pista", que eu vá para o Jardim dos Namorados... Qual "próxima pista" que eu deveria seguir?... Vês?... Faltam-me as pistas para lá chegar... Promete-me que um dia fazes essa "caça ao tesouro", mesmo a sério, comigo?... Ah, e obrigada do fundo do meu coração porque, apesar de tudo o que passamos juntos - (refiro-me aos maus momentos) - é bom saber que ainda te recordas de tudo, e de toda a nossa história, até ao mais pequeno pormenor... Obrigada por isso... Sempre soube que o nosso Amor não era assim tão insignificante para ti... Se o fosse, não o recordarias assim... E, sendo assim, como posso aceitar que seja o fim?... Voltando à carta... Depois dizes que houve uma mudança de planos e que, antes de eu ir para onde a pista anterior me tinha mandado, pedias-me que eu fizesse uma paragem pelo caminho... Mas se eu nem sei para onde a pista anterior me mandava ir, como posso saber em que caminho estou?... E se não sei onde estou, como posso saber para onde vou?... Ou seja, mandas-me parar num sítio que eu não sei, e que não conheço... Só tu, my love... Só tu... Mas estás-te a referir, na carta, ao Relvão... Queres que eu vá ao Relvão antes de eu ir ler a carta - (carta essa que eu nunca cheguei a ter...) - ao Jardim dos Namorados... Isso eu percebi... Só não percebi o que te fez mudar de planos... (Talvez se lesse a carta, percebesse...). A pista no Relvão estava colada num candeeiro qualquer... Eu a acharia de certeza... E depois, fazia o quê?... Ia para o Jardim dos Namorados ler a carta, certo?... Na última carta dizes que o melhor ainda está para vir, e que ainda temos muito para ver, por isso digo-te que essas cartas não podem estar completas e, ainda por cima, sem ter as pistas que deveria recolher pelo caminho, e sem a carta que deveria ler no Jardim dos Namorados, torna-se muito mais difícil chegar onde queres que eu chegue... Mas deixa ver até onde isso me leva... Ah, e nunca me fales em "desistir"... Simplesmente é uma palavra que não consta no meu dicionário... Tu, melhor do que ninguém, sabes disso... Não sei simplesmente desistir que algo que quero, realmente, para mim... Voltando ao Relvão... Deixas-me a pensar que a última pista é lá, pois foi o único sítio que te tirei uma fotografia, mas como dizes na carta que posso ter de andar um pouco, e que já nos despedimos lá nesse sítio, também pode ser no Jardim António Borges, pois já nos despedimos lá uma vez, quando voltei para as ilhas, para ir trabalhar nas Festas de Verão... Mas algo me diz que te referes ao Relvão... E dizes ainda que, para teres a certeza de que vou almoçar a casa, que me deixaste uma pista lá em casa... Pelo menos, por aquilo que li, deduzo que tenhas deixado uma pista lá em casa, no meu novo quarto, só para teres a certeza que eu ia a casa almoçar, nem que fosse só para ler, e saber, qual era a próxima pista... E, pelos vistos, a caminhada continuava, pelo menos é o que *deixas entender quando dizes que devo almoçar para ganhar energias para o resto da caminhada... Como posso ter acesso a todas as pistas, à carta que eu deveria ler no Jardim, e à pista que deixarias no meu quarto?... E depois, como continuaria a caminhada?... Diz-me, meu amor, como posso chegar a ti?... Irei fazer tudo para lá chegar, e se não chegar, irei morrer tentando... Sabes que sim... Amo-te muito... (embora duvides...) e é eterno (e isso é real...)... Beijo*

*

Mandei-te email a dizer que me sentia perdido por não ter as pistas, nem a "suposta" carta que deveria ler no Jardim dos Namorados... E entregaste-me no dia seguinte mais dois pedaços de papel... No primeiro pedaço de papel, li...

Agora que já relembramos mais um dos imensos momentos mais felizes da nossa história, já podemos deixar o Jardim que, apesar de ter testemunhado os olhares *trocados, abraços de amigos enamorados sem ninguém desconfiar, as frases de amor escondidas entre as linhas de uma conversa normal, nunca testemunhou a verdadeira prova do nosso Amor. E, devido a uma mudança de planos, não terás que usar a tua imaginação, ou olhos de Virgem, para encontrares o próximo envelope, pois este te será entregue por mim, mas terás de seguir algumas regras:*

1° *- Serei uma desconhecida para ti, como tu para mim...*

2° *- Se não seguires os passos que irás ler a seguir, irás sofrer com as consequências...*

Os passos são os seguintes: Só poderás estar no Jardim a partir das 13h30, iremos nos encontrar às 14h10, por isso não tenhas pressa. Se chegares mais cedo, senta-te num dos bancos ao lado das maiores raízes que vires. Às 14h10 terás que descer umas escadas que estão perto dos bancos; estas irão te levar para debaixo da ponte. Não desças até às grutas, vai até debaixo da ponte, e lá irás me ver. Quando passares por mim, dou-te o que te pertence. Não te esqueças das regras!!!...

E no segundo, e último, pedaço de papel que me deste, estava o desfecho dessa tua, e nossa, "caça ao tesouro"...

Se te portaste bem, e controlaste a vontade que prendes dentro de ti de me abraçares, e de me puxares para ti, só para me poderes beijar, parabéns!... Se não o fizeste, e se te portaste mal, não respeitando a pista anterior, então terás de sofrer as consequências:

1ª ***consequência*** *- Será introduzida mais uma pista nesse nosso passeio, deixando-te a um passo mais longe da grande final. A tua pista - (se não seguiste as regras...) - não será guardada num envelope, mas sim escrita numa folha de árvore caída, que se encontra fora do seu ambiente... Se te portaste bem, irás encontrar a próxima pista no ponto de partida. A pista irá ter às tuas mãos entre as 16h00 e as 16h10...*

*

A 31 de Março mandei-te este email...

Olá meu Anjo, tudo bem?... Espero que sim, e também espero que já estejas melhor da tua infecção. Por falar nisso, quando chegarem os resultados do exame ginecologico que fizeste, quero saber os resultados... O primeiro email que te mandei foi a 7 de Abril do ano passado... Tanta coisa já se passou entretanto, já pensaste?... Tive a pensar nisso... Desde que te conheci, pensei em tudo o que se passou entre nós... Pára de ler e pensa 10 segundos em tudo o que passamos desde que a gente se conheceu há um ano atrás... Pois... E ainda nem sequer fez um ano que a gente se conheceu... Lancei 5 livros, namorei contigo 5 meses - (e já tinha sido teu namorado antes... por muito pouco tempo, mas já tinha sido...), e nesses 5 meses amamo-nos, e odiamo-nos, tanto... Vivemos tanto... Pôh, nem quero pensar nisso... (dói mais...)... mas foram 5 meses de muita vida vivida intensamente, e foram 5 meses de muito crescimento interior, e pessoal, de cada um de nós dois... Ontem vi-te ao longe com a tua irmã, e a cada passo que davas, e te afastavas mais de mim, sentia que era como se estivesses a sair da minha vida, e estivesses cada vez mais longe de mim, e eu, simplesmente, não pudesse fazer nada para o impedir... Doeu-me tanto ver-te ao longe e te afastares cada vez mais... E isso fez-me pensar muito durante o resto do dia... E ontem à noite pensei, desesperadamente, em ti... Pôh, eu tinha de fazer alguma coisa - (se ao menos eu conseguisse falar contigo pessoalmente...)... Tive a ler o último email que me mandaste, a tua "última carta"... Ironicamente estou a ler um livro da **Jojo Moyes** que se chama **"A última carta de amor..."**, e antes tinha lido um livro dela que se chama **"Viver depois de ti"**... Agora apenas me pergunto se esse **"Viver depois de ti"** será que me veio parar às mãos por acaso?... Sabes que não acredito no acaso... E agora me pergunto se terá sido, ironicamente, essa a tua **"ultima carta de amor"** para mim?... Reparei que na última vez que te vi com um livro, reparei que ele se chamava **"Tudo o que ele sempre quis"**, e não sei se andavas à procura de respostas, como se pensasses de ti pa ti...

Fiz tudo por ele, fui tudo por ele, o que é que não fiz, o que é que não fui, por ele, para dar errado dessa maneira?...

Lê a "última carta" que me mandaste, e vê o quanto me amavas - (amas?)... Tu bem sabes o quanto eu te amo, e diz-me depois se esse nosso Amor não merece mais uma chance... Sei que não mereço que voltes para mim... No fundo, até nem sei se quero que voltes... Explico-te: Pedir-te que voltasses seria pedir-te que te prendesses a mim, e dedicares a tua vida a alguém muito mais velho do que tu e, a longo prazo, não sei se valeria a pena... Pedir-te isso talvez fosse egoismo da minha parte, talvez não fosse justo para ti... Terias de me amar muito para aceitares viver comigo, e não sei se me amas assim tanto, e se algum dia o teu Amor por mim chegou a esse nivel... Acho que não, mas talvez também não tenha chegado porque não te soube amar... Ou então não te amei ao nivel que merecias que eu te amasse... Ao invés de te dar liberdade, tentei-te prender, e perdi-te... Resultado: Fiquei sozinho com essa minha dor... E tu nem imaginas o tamanho da dor que sinto por estar longe de ti... E de viver sem ti... Imprimiste teu nome na minha Alma... O meu coração?... Esse já deixou de ser meu há muito tempo, e agora não sei o que fazer com ele... Simplesmente não consigo sorrir... Não tenho o direito de te prender a um "velho"... (És tão novinha, tens toda a tua vida pela frente...)... Prefiro sofrer sozinho sem ti - (Por mais que me doa, sou capaz de fazer isso por ti, acredita... Libertar-te para que possas ser feliz com outro alguém...) - e que sigas em frente sozinha sem mim... (Acreditas que, nesse momento, choro por te ter escrito isso?...)... E hás-de arranjar alguém mais perto da tua idade, que possa dedicar toda a sua vida a ti, e te fazer feliz durante muitos anos - (tempo esse que não tenho)... Lê agora a tua "última carta" para mim, e tenta imaginar como me senti... Queria que voltasses a ser aquela namorada, sabes?... Sabes aquela amiga cúmplice, que estava sempre lá para mim?... Aquela namorada que me amava tanto, mesmo que fosse em silêncio, principalmente se fosse em silêncio?... Essa namorada?... Cadê ela?... Viste-a por aí?... Se a vires, diz-lhe que meu coração anda à procura dela... Se a vires por aí, diz-lhe para voltar para casa... Meu coração já não aguenta viver sem ela... Dizes-lhe isso, por favor?...

Agora, volta à realidade... Lê, e sente, o que me escreveste, tentando imaginar o que senti quando li essa tua carta para mim:

Amor:

Nunca pude acordar ao teu lado, mas sempre adormeci contigo... O meu relógio não pára de contar os segundos, mas quando estou contigo o tempo devia ser interminável, devia parar como nos filmes, mas todos sabemos que a vida não é um filme em que podemos gravar a mesma cena várias vezes até ficar perfeita. Queria eu que fosse assim, assim podia estar sempre nos teus braços porque de todas as vezes que gravasse cenas contigo, iria cometer pequenos erros só para repetir tudo uma vez mais, para te beijar uma vez mais, te abraçar uma vez mais, deitar-me nos teus braços uma vez mais, estar contigo uma vez mais... Mas a vida não é assim, é como uma peça improvisada, porque quando as peças são improvisadas, não temos oportunidade de as repetir, tudo é dito, e feito, uma única vez. Depois pode haver espaço para repensar nas atitudes, para os aplausos pela coragem, tempo para os remorsos nos atormentarem, para pesar na balança a escolha que teria sido a mais acertada, ou as palavras que deveriam ter sido ditas e que nunca chegaram a ser pronunciadas. E sei, que se o tempo não é assim, por vezes a culpa é minha, sei que me devia desligar do mundo quando estou contigo porque, quando estou contigo, passas a ser o meu mundo mas, por vezes, é tudo tão mais complicado, e eu sinto-me indefesa. Mas são nestas alturas, e noutras tantas, que não me sinto sozinha, que me lembro do calor do teu abraço, da tua constante presença invisível quase toda a hora e que "No Matter What" estás sempre aqui... Sabes que este já foi só o nosso mundo, mas sabes que já foi de outros também, e agora que voltou a ser só nosso de novo, e por isto ser um grande segredo, é que fico com medo de o destruir sem me aperceber... Que posso eu dizer?... Sou descuidada ao amar-te, não sei esconder a alegria que sinto por estar apaixonada por ti, por te amar, ou a felicidade que é ser tua namorada, mesmo que ninguém saiba, nós sabemos, e é só isso que importa. Não sei esconder o sorriso que me denuncia de estar a namorar contigo, não consigo disfarçar que me deixas na lua com tudo o que me dizes e fazes, da maneira que me olhas, que me abraças, e que fazes amor comigo... Quem és tu que me fazes sentir a namorada mais sortuda do mundo?... Se pudesse, perdia horas a olhar para ti, sentir o toque doce da tua pele, a suavidade dos teus beijos ou, simplesmente, adormecer nos teus braços, e isso não seria perder tempo, seria aproveitá-lo da melhor maneira... Quero perder a noção do tempo contigo, não falo dos minutos que passo contigo, mas das horas que desejo passar, quero ser tua por inteiro, não que não seja, porque não me sei dar às porções, mas para poder ser tua por inteiro, no que toca à liberdade e à eternidade... Fazes tanto por mim e, por vezes, pensas que não reparo nos teus pormenores, preocupas-te em mandar as mensagens mais fofinhas logo mal acordas, porque sabes que assim estás-me a colorir o dia logo pela manhã, por vezes não tenho tempo suficiente, ou falta-me o à vontade para falar ao telefone contigo e, mesmo assim, não te importas, porque sabes que, quando estiver contigo, serei apenas tua... E, mesmo que o mundo me tente roubar naqueles minutos, horas ou *segundos, sabes que será impossível. Fazes-me caminhar sobre as nuvens, amas-me da forma mais pura, e demonstras-me da maneira mais linda. Dizes ser um sapinho farto de ser beijado sem nunca se transformar num príncipe, e afirmas eu ser a princesa que te faz sentir um, apesar de seres o único que não vês que sempre foste um príncipe, apenas precisavas de uma gata borralheira, como eu, escondida atrás do mundo dos livros, para te mostrar isso, tal como tu me mostraste a Mulher que posso ser... Amo-te tanto que me fazes perder a noção do tempo quando penso em ti, quando te escrevo, ou quando, simplesmente, estou a sonhar contigo. E todos os meus sonhos contigo são lindos, porque em todos eles, tu entras e, em todos eles, continuo a ser tua, embora seja diferente... Nos meus sonhos ando contigo de mãos dadas, beijo-te em frente de todos, e é como se não houvesse mais nada no mundo para fazer senão amar-te, senão fazer-te feliz...*

PS: *Esta era uma carta que te iria entregar mais tarde, mas não há hora de escrever para ti, todas as horas são boas para te escrever, para te amar, para parar o mundo e para dizer que te amo. Os instantes não existem sendo perfeitos, mas cada momento ao teu lado foi perfeito, digno de ser gravado nas páginas vazias de um livro esquecido, e escondido debaixo das raízes de uma árvore, de um jardim qualquer, merecidos de serem gravados, e recordados, para sempre... Só queria dizer que te amo... AMO-TE MUITO... É verdadeiro, é real, é eterno...*

*

Um *email* que te mandei a 7 de Abril…

Olá, tudo bem?... Realmente estava a falar a sério quando te disse que me ia embora, só estava mesmo à espera que me confirmasses se querias, ou não, voltar para mim. Mas, pelos vistos, estás mesmo decidida a esquecer-me... Vou ficar na casa dum casal de amigos meus daqui, mas que vivem em Londres, até conseguir meu próprio espaço - (é apenas alguns dias...) - mas esse meu amigo tem lá umas amigas da filha dele lá agora em sua casa, e disse-me hoje que ia ter a casa disponível para quando eu quisesse ir, a partir do dia 20 e, como pensei que fosse dia 20 desse mês, fiz logo uma pré-reserva pela Ryanair para dia 25 desse mês, ou seja, faltavam só 17 dias para partir, por isso te disse que, provavelmente, seria a última vez que a gente se via ou falava, mas afinal foi um mal-entendido da minha parte, na conversa que tive com esse meu amigo hoje... Quando lhe disse que ia lançar ainda um livro em Maio cá, para honrar meus compromissos aqui, e que só podia ir para Londres em Junho, foi aí que ele me disse que, a partir do dia 20, a casa dele estava à minha espera, ou seja, só a partir do dia 20 de Junho é que posso ir - (ele estava-se a referir, desde o início, a 20 de Junho, e não a 20 de Maio como eu pensava...) – logo, vou entre 20 a 30 de Junho, no primeiro vôo disponível para Londres. Não sei quanto tempo vou ficar, nem sequer sei se volto... Se as coisas correrem bem, o mais provável é não voltar mais mesmo... Mas até lá podes mudar de ideia, se mudares diz-me, e eu fico. Sabes que sim... Se não mudares de ideia, pensa que para o ano já tens 18, e num ano muita coisa acontece. Da mesma maneira que há um ano atrás, quando a gente se conheceu, estavas longe de pensar que iamos namorar, e viver um Amor tão intenso como vivemos, da mesma maneira não sabes se não estaremos juntos daqui a um ano... Sei que me amas tal como eu a ti, e sei que o tempo cura todas as feridas, por isso acredito que ainda seja possível, afinal amamo-nos ainda tanto, e o Amor cura tudo, e sara todas as feridas... Peço-te perdão por todas as ofensas, e peço-te que, tal como eu, para guardares os apenas os melhores momentos que, apesar de pensares que não, foram muitos mesmo... Nunca saberei o que irias me ler naquela carta da última vez que tiveste lá em casa mas, se calhar, ainda irei saber... Adorava saber o que tinhas lá escrito para mim... Parece que adivinhaste quando me disseste que aquela era a última oportunidade que tinhas para me leres aquilo... Se não for te pedir muito, gostava que me lesses, ou me desses, aquela carta... Ei meu anjo, eu amo-te como nunca amei ninguém, e não te estou a dizer isso para te recuperar, ou para que voltes para mim, mas sim por ser verdade... Sabes que sim... Não desisto de ti, nem nunca desistirei, pois fazê-lo seria desistir de mim... Enquanto te amar, mesmo que seja ao longe, vou lutar sempre por ti... Agora apenas estou pousando as armas, pois estou cansado, e vou precisar dessa força para quando voltar para o Reino Unido... Mas espero que Deus te abençoe muito por toda a felicidade que me deste, e quero que saibas que continuo a achar que ainda existe muito Amor entre nós, e que a nossa história não acaba aqui...

Daquele que sempre foi teu... (mesmo até quando não sabias)...

Miguel

*

Uma vez disseste-me que não podias ficar mais tempo comigo porque tinhas aula de recuperação e, nessa mesma tarde, à hora dessa aula, encontrei-te na Biblioteca com uma amiga tua e, na semana seguinte, aconteceu o mesmo. Pensei que me estivesses a mentir, e a tentar me evitar, e reagi mal... Confrontei-te com isso e apenas me disseste que estavas com pouco tempo e que, se não quisesses vir ter comigo, não precisavas me mentir; simplesmente me dirias que não querias vir. Pela tua reacção, apercebi-me de que me dizias a verdade. Pedi-te desculpa... E mandei-te esse email:

Meu Anjo:

Acredito em ti... E, realmente, na altura que te vi na Biblioteca a sair do elevador, bloqueei, e fiquei sem saber o que pensar. E, mesmo que me tivesses mentido, e não quisesses estar comigo, não tenho o direito de te cobrar nada... Desculpa... Ainda estou a desacostumar-me de ti... Cheguei à conclusão de que, se calhar, o melhor mesmo é começar a dar-te espaço para que dês prioridades ao que para ti é importante, e deixar-te seguir a tua vida... Se fores para mim, serás... Se tiver de ser, será... Amo-te e sabes o que tenho para te dar de bom e de mau. Não consigo esconder as minhas emoções... Desculpa se dei uma de controlador, ou se cheguei a pensar que pudesses estar-me a mentir. Simplesmente já nao é só tu que não me conheces. Eu também, às vezes - (só às vezes...) - tenho sérias dificuldades em te compreender. Mas aceito que se tiver de ser assim, cada um para o seu lado, que assim seja... 'Tou cansado, acredita... Não posso lutar contra o destino... Se tivermos de ficar juntos, o destino, e Deus, arranjarão uma maneira para que a gente se possa cruzar de novo, para podermos fechar o nosso ciclo... Não te incomodo mais nesse aspecto... Só queria saber se sempre podes me dar aquela carta que querias me ler na ultima 3ª feira que tiveste lá em casa - (antes da Páscoa) - e que não me chegaste a ler?... (Eu sei... eu é que não deixei...). Amo-te para além da compreensão humana, mas também para além das minhas forças... 'Tou muito cansado mesmo, acredita... Decidi, para variar, pensar um pouco mais em mim. Se algum dia mudares de ideia, sabes como me contactar... Adoro-te mesmo muito, e mesmo que as circunstâncias te mostrem o contrário, mesmo que não me queiras mais, mesmo que me odeies, ou que me venhas a odiar, mesmo que arranjes outro namorado, ou até que venhas a casar com outro, amo-te, e amar-te-ei sempre... Obrigada por toda a felicidade que me deste... Perdoa-me todas as mágoas que te dei... No matter what, amar-te-ei sempre... Beijo

A tua resposta:

O pior de não teres respostas é tentares adivinhá-las e, por vezes, isso leva-te por caminhos errados. Viste-me na Biblioteca perto das 17h, e como sabias que a esta hora devia estar em aula - (porque tinha-te avisado) - ficaste sem saber o que pensar e achaste que te mentia, mas acredita que não te menti. Não te mentiria, muito menos para não estar contigo, porque sabes que se não quisesse, não mentia, dizia simplesmente que não queria. Não tive aula de Matemática e fui estudar para a Biblioteca. Eu não menti nem a semana passada nem hoje, simplesmente hoje atrasei-me por causa do trabalho que tive a fazer, e saí da Biblioteca mesmo em cima da hora de Geografia, e fui a correr para a Universidade... Eu não te menti, a sério... Além disso. não tenho motivos para tal... Beijo

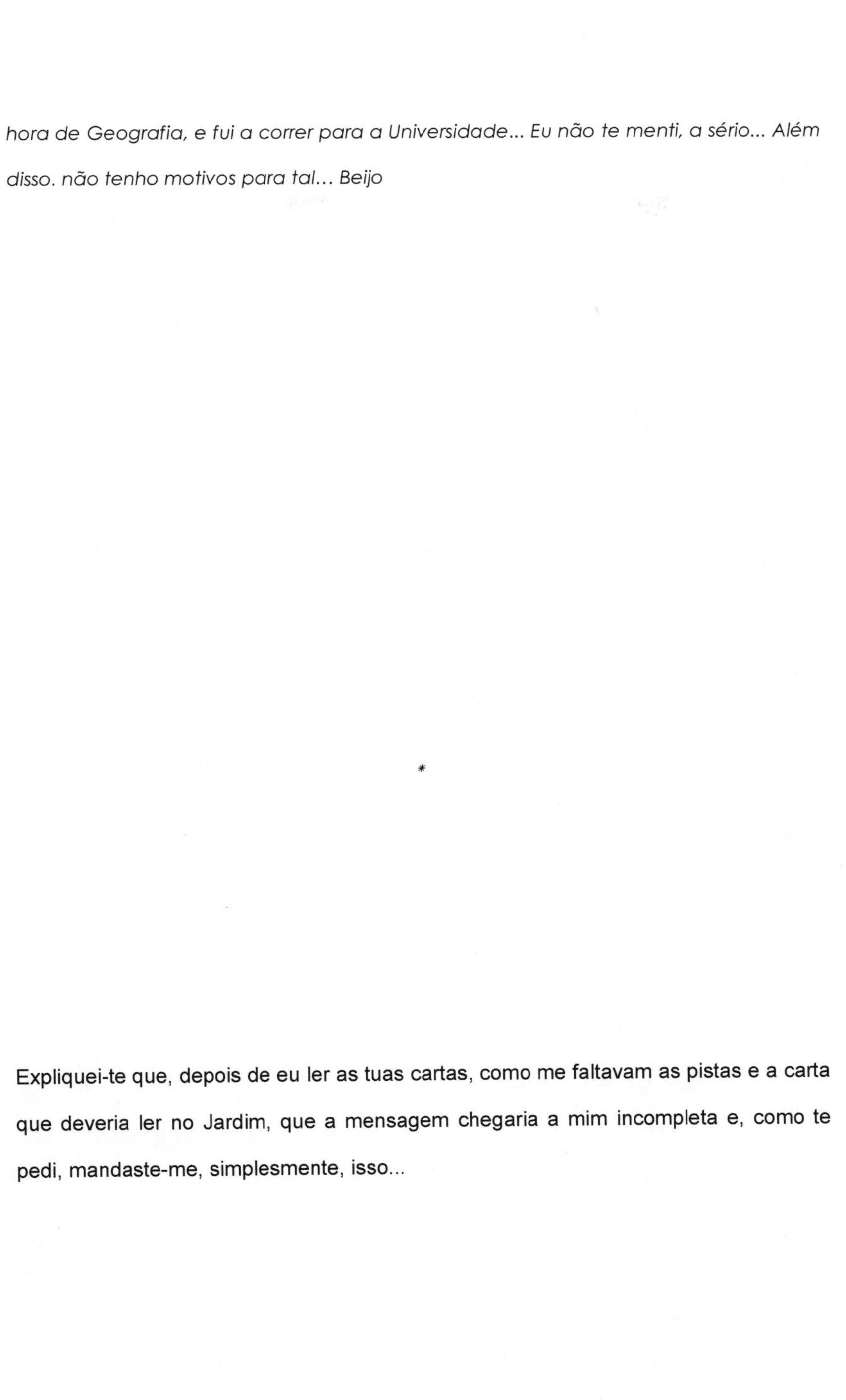

*

Expliquei-te que, depois de eu ler as tuas cartas, como me faltavam as pistas e a carta que deveria ler no Jardim, que a mensagem chegaria a mim incompleta e, como te pedi, mandaste-me, simplesmente, isso...

Amor:

Já li os teus emails, e estavam lindos... Em relação às pistas é o seguinte: A carta que começa com "Bom dia..." fala-te na proposta. Se aceitasses, terias que ir buscar o envelope que te diria a 1º pista, ou seja, para onde terias de ir a seguir. A segunda pista estaria dentro do livro de ***Nickolas Sparks*** *-* ***"Um momento inesquecível"*** *- ou seja, a primeira pista iria guiar-te até cá cima. Na segunda pista - (a qual estaria dentro do livro...) - iria levar-te até às escadas do bar onde estivemos; lá estaria outro envelope com a 3º pista. Neste envelope estaria uma carta - (a que irias ler no Jardim) - onde estaria implícito que o próximo envelope se encontrava na* ***Super China*** *- (onde compraste as caixas para mim, e onde comprei a caixa e as velas para ti...). Lá iriam te entregar um envelope com a 4º pista, que te mandaria para o Jardim António Borges inicialmente, mas primeiro terias que ir a casa para almoçares, até porque a 5º pista se encontrava lá... Em casa terias uma mensagem - (ainda não tinha pensado como a ia deixar lá...). Esta mensagem diria-te que houve uma mudança de planos e que, antes de ires para o Jardim, terias que fazer uma paragem - (Relvão) - onde encontrarias um outro envelope - (6º pista) - com uma carta, a recordar os momentos que passamos lá - (aquela que fala nas caixinhas que já te entreguei...). Nesta pista estariam as regras para receberes o próximo envelope, este que te entregaria no Jardim António Borges. Já estás a perceber mais ou menos?... Ou seja, cada pista iria guiar-te até ao próximo envelope e assim sucessivamente, e passarias pelos lugares que já foram importantes para nós, recordando assim partes, e as momentos mais importantes, da nossa história... O primeiro papel guia-te para o 1º envelope - (Multimédia) - o primeiro envelope guia-te para o livro* ***"Um momento Inesquecível"****, onde está o segundo envelope. O segundo envelope guia-te para as escadas do bar - (lá em cima) - onde estaria o terceiro envelope. O terceiro envelope levar-te-ia para o Jardim dos Namorados, para leres a carta - (a carta dir-te-ia para ires para a* ***Super***

China) *- onde estaria o quarto envelope, e este, por sua vez, levar-te-ia para casa, onde estaria o quinto envelope, que guiar-te-ia para o Relvão, onde estaria o sexto envelope. Este guiar-te-ia para o Jardim António Borges, onde eu te entregaria o sétimo envelope... Se seguisses as regras, mandar-te-ia de novo para a Biblioteca. Se não as seguisses, terias que encontrar uma folha - (deixaria no teu caminho...) - que mandar-te-ia para a Biblioteca também. A oitava pista - (que não cheguei a fazer) - estaria na Biblioteca, e te diria que o desafio tinha terminado...*

*

Depois da nossa separação tentamos falar e acabamos por discutir, e dei-te uma chapada... Pedi-te perdão, tentei justificar o injustificável, e essa foi a tua resposta:

Sei que te devo uma resposta e, respondendo às tuas sms, tens razão, eu disse-te na terça feira que voltava para ti sobre pressão, com medo, e deste-me um tempo para pensar. A verdade é que não se esquece ninguém da noite para o dia, mas também é verdade - (e eu disse-te isso) - que não gosto da pessoa que tens mostrado ser nos últimos tempos. Eu sei que já me disseste que podes ser fofinho, mais ainda do que eras, mas também sei que tens dois lobos dentro de ti e, mesmo que não goste do mau, ele faz parte de ti na mesma. Mas eu tenho medo... Quando as coisas dão para o torto, eu fico calada, quieta no meu canto, e tu, ao contrário de mim, ficas agressivo, e explodes. E o meu medo é que sempre que as coisas derem para o torto, que fiques assim, agressivo... Não é para te ofender ou atirar-te à cara, mas já me empurraste, e já me chegaste a dar uma chapada... Disseste-me para não voltar por medo, então tenta compreender que, enquanto o medo predominar, não posso voltar. Agradeço tudo o que já fizeste por mim, acredita, e também sei que vivemos momentos lindos, mas tenta é compreender, eu não estou a cagar para o que sentes, apenas a tentar resolver isso da melhor maneira... E outra coisa, se não te responder sempre aos emails não é porque te ignoro, é porque estou sem tempo para ir ao computador nem, muito menos, à net. Agora com exames, etc, não vou ficar com muito tempo para vir ao computador, mas quando vier, respondo-te...

A minha resposta para ti:

Meu Anjo:

Bom dia, tudo bem?... Comigo não está... Sabes o que me deixa mais triste?... Sei que estás em época de exames e tudo, mas essa semana até tens um trabalho do meio dia e meia à uma e meia, e não sei se dizes isso por não quereres vir ter comigo, ou se simplesmente não vens por teres medo... A semana passada podias vir, e essa semana já não podes? Ok... Compreendo que precises de estudar, e que até sintas que precisas de te "proteger" de mim... Não tens de te proteger de mim, até porque pelo facto de te ter dado uma chapada - (já te pedi perdão várias vezes...) - isso não faz de mim um carrasco, ou uma má pessoa e, se bem te lembras, depois da chapada, "obriguei-te" a fazeres amor comigo, fazendo chantagem emocional contigo, mas quando eu já estava despido, fiquei em boxers sentado na beira da minha cama, e arrependi-me do que fiz. Caí em mim. E chorei... Falamos. Quis parar. Não quis que fizéssemos amor assim. Não daquela maneira... Continuamos porque quiseste... Fizemos amor com o teu consentimento, não te violei, nem nada disso, e depois de fazermos amor, falaste comigo na boa, deitada na minha cama, como se tudo tivesse voltado - (quase) - ao normal... Pôh, eu pensei que fazer amor contigo mudasse um pouco as coisas entre nós mas, pelos vistos, não... Hoje faziamos - (fizemos?) - 6 meses de namoro... Onde nos perdemos pelo caminho, meu Anjo?... Hoje era, e é, um dia muito especial para mim, e pensei que também fosse especial para ti mas, pelos vistos, foi, e é, especial mesmo só para mim... Estou com a tristeza da morte no meu coração... Desculpa o empurrão e a chapada... Nunca mais acontecerá, acredita... Mas, pelos vistos, foi com essa ideia que ficaste de mim, e nunca te poderei mostrar o quanto estou arrependido e o quanto te amo... Agora estás-te *afastando, e as férias de Verão estão chegando, e aí, sei simplesmente que não te vejo mais... Não sei se estás mas é empatando tempo, com desculpas para não vires ter comigo, e as férias vão chegando aos poucos, e assim vais-me evitando enquanto podes, até me dares a resposta pela negativa, um pouco antes das férias... Sinto isso... Para depois vires me dizer que no Verão não me podes ver... Estou mesmo a ver o filme todo... Tu é que sabes, sei que deves te concentrar nos estudos, não precisas é andar a evitar-me como se eu fosse um assassino, ou coisa pior... Tens a noção do quanto isso me faz sentir mal?... Amo-te muito... Sabes que sim... Não me faças isso. Podes até não me querer mais, mas não me evites... Como podes desprezar quem te amou, e que ainda te ama, tanto?...*

A tua resposta foi brutal...

Amor:

Não é que sejas um assassino ou assim, e quando digo que tenho medo, não é que tenha medo que me vás bater, é o receio de sempre que as coisas dessem para o torto, que reagisses assim... E tenho mesmo pouco tempo, são trabalhos atrás de trabalhos, testes todas as semanas, etc... Mas estou a ponderar mesmo não voltar mais para ti. Não é que tenha medo de ti a ponto de te evitar, simplesmente tenho mesmo pouco tempo, e não quero perder o fio à meada, se é que me entendes. Não te estou a evitar, hoje é um dia complicado, tive a acabar um trabalho porque na terça não deu para fazer, daqui a nada tenho apoio de Geografia, e depois de Matemática. Para a semana tenho dois testes seguidos, para a outra semana tenho mais um teste... É complicado, e como sabes quero dar 110% de mim, porque é o último período. Mas sabes que, mesmo que não fiquemos juntos, isso não me faz esquecer o que já vivemos, só que preciso de um tempo só para mim, e não estou a ser justa a ficar contigo sem tempo, enquanto que a Universidade está a ser a minha primeira prioridade... Espero que me compreendas, e desculpa qualquer coisa... Não tens que pedir perdão por mais nada... É como disseste, acho que não vale a pena gastares o teu tempo, fazendo de mim uma prioridade quando agora, nestes últimos meses de Universidade, não o vais ser para mim. Fica bem, beijos...

Claro que tinha de te responder. E essa foi a minha resposta...

Com que então tinhas trabalho de Geografia e vejo-te aqui na Multimédia?... Ok, percebi... Apesar de dizeres tudo o que disseste, acho que me mentiste porque quando queres tempo para mim, arranjas... Não queres é arranjar tempo para mim... A semana passada tinhas tempo, essa semana já não tens?... Deve ser porque não te "ameacei"... Mentiste-me a semana passada em relação a Matematica - (vi-te aqui na Biblioteca à hora que tinhas Matemática lembras-te?)... Tinhas Matemática, e depois já não tinhas, e agora, nesse preciso instante, estou mesmo atrás de ti na Multimédia... Também a essa hora era suposto teres *explicação de Geografia. É que nem mentir sabes... Ok, tu é que sabes... Amo-te muito... Não te esqueças que tens de me dar uma resposta... Quando te disse que queria falar contigo antes de saires, voltei para o meu computador, e ouvi a tua amiga a perguntar-te: "**Quem é esse gajo?**"... e disseste-lhe: "**Não sei...**". E, ainda por cima, fizeste a cara que fizeste... Ok... Com que então não me conheces?... Deixa 'tar meu Anjo... Vais conhecer-me um pouco melhor...*

Claro que a tua resposta não podia ser outra...

Eu não disse que não te conhecia, disse até quem eras... Eu estava a acabar um trabalho antes de ir para o apoio de Geografia que começava às 14:30h, e já te disse que a semana passada o professor faltou, e não foi dar apoio de Matemática, são coisas que acontecem. E não estou a evitar-te, tive mesmo o dia preenchido. E não tenho razões para te mentir. Agora só tu é que decides se acreditas ou não...

Achavas que ia deixar isso ficar assim?... Não ia deixar ficar nada atravessado na minha garganta...

Sabes o que é que mais me dói?... É que fazíamos - (fizemos?) - hoje 6 meses de namoro, e deveria ser um dia especial para nós dois. Mas não foi... Pelos vistos, foi especial só para mim... Estavas mais preocupada com os estudos supostamente ou, para te ser sincero, simplesmente acho que tens andado a evitar-me. Na semana passada, à hora da explicação de Matemática, estavas na Biblioteca, e hoje, à hora de explicação de Geografia, no mesmo sítio estavas... Quando, supostamente, deverias estar comigo... Mas não estavas... Mas, se não quisesses ir, não precisavas me mentir... Bastava dizeres que não querias, que querias que eu me afastasse, que respeitasse a tua vontade e a tua dor... E tu bem sabes que eu o faria... Acusas-me do empurrão e da chapada, mas nunca te perguntaste o porquê de o ter feito... Quando, no fundo, era o que mais interessava que soubesses ou que, pelo menos, tentasses perceber... Tu, que me conheces tão bem, achas mesmo que sou assim?... Viste ao ponto que eu cheguei para te ter ao pé de mim?... Viste a que nível baixei?... Mas nunca te perguntaste o porquê... Mas sempre foste assim... Nunca te preocupaste com as minhas dúvidas mas sempre - e só - com as tuas. Nunca te preocupaste com os meus medos, pois sempre tiveste demasiado ocupada com os teus... Pela tua infecção, e pela tua gripe, sempre perguntei todos os dias, e eu aqui com dois cancros, e tu nada me perguntaste até hoje... Nunca... Uma vez revelei-te essa minha dor por essa tua suposta, e aparente, falta de preocupação... Sempre foste tão fofinha para mim, nunca percebi a tua indiferença a um problema tão grave como esse... Quando te perguntei porque nunca me perguntavas como eu estava, e me sentia, apenas disseste-me que evitavas falar nesse assunto, por não estares preparada para falar dele e, acima de tudo, para lidar com ele... É, *meu Anjo, deves pensar que eu estava preparado para receber a notícia que eu tinha não um mas dois cancros, e que o médico não sabia mais quanto tempo de vida eu poderia ter... Nunca percebeste que quando te pedia que ficasses comigo até ao fim da minha vida, que não te pedia que ficasses comigo até eu ser um velho, mas sim que ficasses comigo apenas mais uns meses, que não me deixasses morrer sozinho... Pois, deves achar que eu, da maneira como te amo, te prenderia toda a tua vida sempre a mim, fazendo-te perder os melhores anos da tua vida, sabendo que poderias desfrutá-los na companhia de alguém mais novo do que eu, no coração de outro amor qualquer... Eu nunca te prenderia até ao fim, apenas queria que ficasses comigo até ao meu fim... Eu sei que nunca percebeste isso, my love... Não faz mal... Tantas outras coisas muito mais importantes que fiz por ti que nunca soubeste, outras tantas que sofri por ti, que nunca te disse, e ainda estou aqui... Nem te vou pedir que não te preocupes. Sei que não irás te preocupar comigo de certeza. Quando deverias fazê-lo nunca o fizeste, agora seria pedir-te o impossível... Mas dispenso a tua pena, o teu ódio, o teu medo e, até mesmo, o teu Amor... E mais à frente já percebes o porquê... Mas fizeste as tuas opções... Sei que ainda estás muito magoada comigo, mas daí a me mentires para evitares estar comigo?... Não havia necessidade... Outra coisa... Se apenas fizeste amor comigo com medo do que eu pudesse fazer, e não por amor, ou simplesmente por também o quereres, e desejares, porque é que quando eu parei, e me sentei na beira da minha cama, quando chorei e te perdi perdão, nessa altura, quando hesitei, e te disse:* **"Não... Não quero que seja assim... Quero que seja por Amor, e não por medo..."** *- porque continuaste?.... Porque não paraste, ou não me pediste para não continuar?... Porque não me pediste para simplesmente parar?... Sabes que, depois de falarmos sentados na beira da cama, que eu não avançaria... Tu sabes como falar comigo, só não o* fazes porque não queres... Depois de começarmos a fazer amor, perguntei-te várias vezes se querias que eu parasse... Porque não quiseste que eu parasse?... Com o email que me mandaste, fizeste-me sentir quase como se eu te tivesse violado. Foda-se... Nem sabes o quão mal me senti ao ler aquilo... **"Foi por medo e não por Amor..."**... Sabes que eu nunca te obrigaria a fazer amor comigo... Tanto é que, quando te "obriguei" a despir, e começaste-te a despir, imediatamente, parei, sentei-me na beira da minha cama e chorei... Caí em mim.... Achas mesmo que, depois de te explicar porque ultimamente eu andava assim, porque tinha feito o que tinha feito contigo, depois de derramar meu coração para ti, depois de tudo o que chorei, achas que iria fazer amor contigo se achasse que também não quisesses?... Achas mesmo?... Por isso, quando li naquele teu email que só tinhas cedido por medo, eu bloqueei... Como pode ter sido por medo?... Depois de fazermos amor, estivemos abraçadinhos de conchinha os dois, desabafamos, choramos... Pôh amor, senti que nos tínhamos encontrado outra vez... Estávamos perdidos um do outro e, naquela altura, senti que a gente, aos poucos, se reencontrava... Era uma luz ao fim do túnel... Comecei a acreditar que era possível que pudesses voltar para mim e que pudéssemos ser tudo aquilo que um dia fomos... Não começamos nada bem, eu sei... Mas, pelo menos, já era um começo... Pensei que fazer amor comigo te tivesse feito bem, e agora vens me dizer que só o fizeste foi por medo e não por Amor?... Como achas que me senti?... Vi-te na Biblioteca quando, supostamente, deverias estar na aula de recuperação de Geografia, e passei-me... Tinhas-me mentido outra vez... (era muita coincidência encontrar-te duas vezes num espaço de uma semana na Biblioteca, quando deverias estar em aulas)... Fui ter contigo. E apenas te disse que quando pudesses, e antes que te fosses embora, que eu queria, e precisava mesmo, falar contigo... Para começar, não gostei que tu, com o teu olhar, me tentasses impedir de ir falar contigo... Se tens algo a esconder, eu não tenho... Nunca terias coragem para dar a cara por esse Amor, eu sei... Enquanto fosse em silêncio, sim. Mas quando fosse para dar a cara por ele, por nós, pelo nosso Amor, e pelo que sentes por mim, seria simplesmente impossível... A tua cobardia em relação a nós, e ao nosso Amor, é tão simples quanto isso... Outra coisa... Odiei quando saiste e, sabendo que eu queria falar contigo, simplesmente ias-te embora sem me dizeres nada... Já te disse para nunca me desprezares nem, muito menos, me desafiares... Por isso, levaste o empurrão e a chapada, por me teres desprezado, ignorado e, pior, por me teres desafiado... Não que me orgulhe do que te fiz, não que não me arrependa, mas apenas para que saibas porque aconteceu... Se não quero ficar sem respostas, não sou eu que te vou deixar sem elas... Bem, eu passei-me mesmo foi quando a tua colega te perguntou: **"Quem é esse gajo?"**, e tu encolheste os ombros e disseste-lhe: **"Não sei..."**... O que tu não sabes é que eu vi, e ouvi, isso, e muito bem, e tenho a certeza que disseste exactamente isso a ela, e ouvi muito bem a pergunta dela... Não sabes quem sou eu?... Depois de tudo o que fiz por ti?... Pois... E depois o nojento sou eu... Como pudeste desprezar-me a esse ponto?... Mostra mais respeito, pelo menos ao pé de mim, quando falares daquele "gajo".... Mas a tua ingratidão, e a tua cobardia, vão tão longe quanto isso... Preferes ser ingrata, manter a indiferença, e dar desprezo a alguém que te ama como eu... Espero, muito sinceramente, que todas essas tuas amigas estejam mesmo lá para ti quando precisares, e que os teus estudos te levem longe... Muito longe mesmo... Há muito licenciado por aí na **Burguer king** e na **Mac Donald's** a trabalhar... Espero que vás mais longe... Comigo conhecerias o mundo e serias o que quisesses... No fundo sabes disso... Sabes que sim... Perguntas-me quem sou eu?... Eu é que te pergunto: "Quem és tu que me fazes passar por isso, depois de *tudo?..."... Queres saber quem sou eu?... Disseste a ela que não sabias quem era aquele gajo que te tinha abordado e que queria falar contigo... Não sabes quem sou eu?... Deixa estar... Vou-te dar a conhecer quem sou eu... Isso não é uma ameaça. É uma promessa... E tu bem sabes, meu Anjo, que eu cumpro sempre o que prometo... Agora quem tem uma resposta a dar aqui a alguém, sou eu a ti e não tu a mim... Espera pela resposta ao desprezo que me deste hoje... Até já...*

É tudo por agora...

*

Tinha prometido não voltar a contactar-te, mas algumas semanas já se passaram, e devo confessar-te que não me sinto nada melhor, ou seja, continuo vazio na mesma... Estar sem ti, a milhares de quilómetros de distância, em nada alivia a minha dor... O facto de já não ser atormentado pela tua proximidade, e de não ser confrontado com a ideia de não poder ter a única coisa que realmente queria, não me curou. Se tanto, tornou as coisas ainda piores. O futuro apresenta-se-me agora como uma estrada vazia. Não sei o que te estou a tentar dizer, meu Anjo... O que sei é que quero que saibas que, a qualquer momento, se tiveres a mínima dúvida da decisão que tomaste, a porta do meu coração está, e estará sempre, aberta para ti... Tens, e terás sempre, aqui o teu lugar... Se, no entanto, achares que tomaste e decisão acertada, e se preferes te manter longe de mim, pelo menos, fica a saber que algures neste mundo há um Homem que te ama muito, que te dá valor, e que sabe o quanto és inteligente, sensível e amorosa. Um Homem que sempre te amou e que, para seu próprio mal, desconfia que irá te amar até ao fim dos seus dias... Tu bem sabes, meu amor, que há sempre uma vírgula entre o que se é, e o que se quer ser... E agora, simplesmente, faço um parênteses nas recordações da nossa história para pensar no que poderia eu mais ter sido... Ou no que fui que não deveria ter sido... Ou no que simplesmente deveria ter sido e não fui... Perco-me nesse momento agora sem saber quem sou... Já nem sei como, nem o que, sinto... Talvez se chame a isso "impotência emocional", é o querer muito algo que não se pode ter, é o não ser capaz de dizer aquilo que realmente se sente... Tens noção do inferno que é viver assim?... Fiz a única coisa que podia fazer... Tentei gravar na minha Alma tudo aquilo que de ti restava dentro de mim... Uma coisa que nunca te disse... Sempre tive a sensação que somos pessoas que nunca se deveriam ter conhecido, mas que gostaram muito uma da outra quando se conheceram, e que descobriram, com o passar do tempo, que se completavam duma forma tão perfeita, que sabiam ser as únicas pessoas no mundo que se podiam compreender mutuamente... É... Sempre foste assim... Sempre despertaste emoções estranhas em mim... Pensei que longe de ti ficaria temporariamente livre das incertezas que envolviam o resto da minha vida, mas lá nada.. Só me fodi, e me enterrei, mais ainda... Chegou a um ponto em que eu já não aguentava mais e pensei: "Este é o momento certo para me decidir... Não vale a pena pensar mais e estar a adiar constantemente essa minha decisão. Este é o momento, quer eu queira quer não, em que vou ter de decidir o que vou fazer para o resto da minha vida... Volto aos Açores ou fico em Londres definitivamente?... Se ela não me quiser mais, posso sempre voltar... E, se ela não me quiser de volta, terei eu forças para regressar ao Reino Unido, e recomeçar tudo de novo?... Mas também, se não for, nunca saberei... Bem, acho que está mais do que na hora de voltar... Tenho saudades de tomar o meu chá das cinco com a Lúcia, e de ter uma boa conversa com a Isabel... Como será que ela irá reagir quando me vir?... Não vou dizer-lhe nada. Vou aparecer de repente... Vou voltar à minha rotina habitual de sempre. E num dia desses qualquer, quando ela chegar à Biblioteca logo pela manhã, irá ver-me sentado no meu cantinho de sempre, no meu computador de sempre, a escrever para ela, como sempre... Coitada, até lhe dá uma coisa quando ela me vir assim de repente, aparecido do nada... Será que lhe devia dizer?... Nã... Estragaria a surpresa de ver a cara dela ao ver-me de repente, depois de tantos meses de separação e ausência... Humn... Bem, tenho de ir à internet e ver os vôos da *Easyjet*...

*

Nunca me sentira tão sozinho na minha vida. Por isso parti... Tive de fazê-lo para conseguir suportar... Nada fazia sentido. Mas eu precisava de me reconstruir de novo, e eu precisava começar por algum lado. Mas, definitivamente, teria de ser bem longe daqui. Bem longe de ti...

*

Fui... E preferi não ohar para trás. Naquele instante soube que nunca mais voltaria. Tive a certeza absoluta em meu coração de que nunca mais a veria. E o meu coração nunca me engana. Tinha medo da incerteza do futuro que se abria à minha frente. Mas, mesmo depois de partir, nunca desisti de nós, nem, muito menos, do nosso Amor; empenhei-me mais ainda a lutar por ti, mesmo estando longe. Várias vezes até... Mas a cada vez que tentava, sentia a tua frieza e distância, a tua constante indiferença, a tua ausência de mim, e cansei-me... Desisto de ti. Desisto de nós. Desisto de tudo. Não quero mais nada... Antes nada ter, do que ter e perder estupidamente, e sofrer dessa maneira. Para ser sincero, nunca te tive, e a maior parte do tempo que passamos juntos, sofri muito, porque sabia que não podia revelar o nosso Amor ao mundo e, mesmo que um dia isso fosse possível, tu nunca terias coragem de enfrentar a tua família, nem os teus amigos, nem, muito menos, a sociedade, por mim... (*a tua cobardia, e o teu medo, eram tão simples quanto isso...*). E, só por isso, já doía amar-te. Sabia que só podia ter-te se te pudesse amar para sempre nas sombras. Por isso, no fundo, eu também sabia que o nosso Amor nunca veria a luz do dia. No fundo - (*eu sempre te disse que conhecia o final da nossa história*...) - já sabia que nunca poderíamos, nem iríamos, ficar juntos... Doeu-me muito ter de aceitar isso, mas tive de entender que esse nosso Amor nunca poderia ver a luz do dia, por não seres simplesmente capaz de o assumir, logo, consequentemente, eu teria de ser capaz de te esquecer, senão quem caía na escuridão era eu... Logo tu, que eras a minha luz, como me pudeste deixar sozinho nesse abismo tão escuro, tão vazio, tão cheio de mim, e tão vazio de ti?... Por isso sei - (agora que percebi isso...) - que vou para nunca mais voltar...

*

Não olhei para trás. Não queria vê-la uma última vez. Mas sabia que ela ainda não se tinha ido embora. Conseguia sentir ainda a sua presença. Ficou vendo-me partir para um país que me cativara quando ainda estava a forjar a minha Alma, e do qual nunca me desligara completamente. Finalmente estava de volta a *Londres.* Finalmente estava de volta a casa... Como podia eu olhar para trás?... Olhando para trás, estarias tu, e bem sei o que tinhas, e que tens, para me dar. Não há nada de novo nessa tua história... Olhando em frente, para além de voltar a *Londres*, e a casa, eu conseguia antever um futuro risonho, muito bom mesmo. Afinal, *Londres* não é desconhecida para mim. Nem eu para ela. Também eu e ela temos a nossa história... E bem sei, *my love*, tudo o que ela tem para me dar... Como possar hesitar, olhar para trás, olhar para ti?... Já houve um dia que pensei diferente. Mas éramos diferentes nessa altura. Eramos NÓS... Queria levar-te a *Londres* e pedir-te em casamento em *Paris*... Agora só te posso recordar em *Londres* e chorar por ti em *Paris*... Tanto da nossa história que ficou por acontecer... Tanto da nossa história que ficou por contar... Oh Deus, diz-me que essa nossa história não acabou aqui... *Eloi, eloi, lama sabachthâni... (Deus meu, Deus meu, porque me abandonaste?...).* Amigo, 'tás aí?...

(*silêncio...*)

*

Hoje recordo-te... Faz-me bem relembrar-te... São recordações vividas como despojos de outra liberdade, como pedaços de coisas sentidas que se esvanecem com o passar do tempo, e que se desmantelam com a idade... Estarei eu a esquecer-te?... Nã... Impossível... Deve ser da idade, já te disse... Não ligues, ando assim desde que partiste. É apenas uma das muitas consequências da tua ausência na minha vida... Ah, tu sabes lá como me deixaste... Sabes lá como fiquei. Sabes lá no que essa dor me transformou... Hoje sou apenas uma reles sombra do Homem que um dia fui... Todas essas recordações desfilaram no espaço do meu silêncio... Lembro-me bem que, quando partiste, ainda olhei para ti para ver se olhavas, e voltavas, para trás... Olhei o tempo suficiente para ver, e perceber, que afinal estavas longe... E cada vez mais... Olhei o tempo suficiente para ter a certeza que sonhava, levado ao engano mais uma vez, pelo eterno desejo de te voltar a ter... E abrigo-me a cada dia - (*mesmo sabendo ser impossível...*) - debaixo desta ideia... Mas nunca te esqueças, meu amor, que olhamos sempre a vida com os olhos da nossa própria história contida na nossa memória... E a minha história, ou melhor, no meu historial de emoções, e no meu arquivo de recordações, recolhi a informação de que ainda podes voltar... Fazer o quê?... É o que eu acredito!... É o que o meu coração me diz... Ah... E já agora... E só aqui entre nós... Amo-te muito mais do que alguma vez, ou algum dia, saberás.. Ah, tu sabes lá... O Amor é, acima de tudo, empenho, dedicação, entrega, e a crença de que passar anos com determinada pessoa virá a criar algo muito maior do que aquilo que cada um seria capaz de alcançar sozinho... Nós tínhamos um sonho, um projecto a dois, um objectivo a cumprir... Ficarmos juntos, *no matter what!*... Mesmo que não fosse aqui... Aliás, de preferência, longe daqui... Mas parece-me, agora, que desististe do nosso sonho pelo caminho... Às vezes me pergunto com que coisas hoje sonhas tu, meu amor?... Podes sonhar, podes sempre sonhar... É como uma vez me disseste:

Podes sonhar... Podes sempre sonhar. Nada te impede de voar...

Tu é que pensas que esqueci tudo o que dizias e que fazias... Nem uma palavra tua, nem um só gesto teu, esqueci... Guardo-te toda dentro de mim... Sempre!... Prometi-te: *No matter what!...*

*

A ultima vez que a vi, chovia. Ela não me viu... Quando olhei para ela, havia uma neblina nos meus olhos que não era da chuva. Fechei-os por instantes... E, ao fechar os meus olhos, as minhas lágrimas caíram. E por ti, de olhos fechados, Isabel, chorei... Um dia resolvi, definitivamente, esquecer-te... Tinha de ser... Ou isso ou matava-me... Dizem que onde a frieza e a maldade só conseguem destruir, que a sinceridade e o Amor conseguem esculpir... Sempre fui sincero contigo, e amei-te, verdadeira e intensamente. E sabes disso... Isso esculpiu o quê em teu coração, na tua personalidade, e na tua vida?... Recordei-me daqueles dias em que éramos felizes, mas hoje sei que recordava uma Isabel que, simplesmente, já não existe mais. Percebi que amava uma Isabel do meu passado, uma Isabel que o tempo levou, que o tempo apagou, e que já não existe mais...

Eloi, Eloi, Lama Sabachthâni... (Deus meu, Deus meu, porque me abandonaste?...)

*

Muitas vezes quando falávamos, parecia que estávamos a dialogar. Mas só parecia. Supostamente dirigíamos a palavra um ao outro, mas, na verdade, não era o que fazíamos. Cada um falava consigo próprio em voz alta, e as nossas frases apenas se cruzavam pelo ar... Quando se acabaram as frases, começamos a pensar... Calados, ficávamos assim durante tempos sem fim, cada um remoendo a sua própria desolação. A crua realidade era irrebatível: não havia nada de substancial a que nos pudéssemos agarrar. Apenas usávamos argumentos contraditórios, e dispersos, acusando-nos mutuamente, acusações essas que, tal como o fumo, se esvaneciam, ficando nós sem termos onde nos agarrar... Era simplesmente o nosso fim. E nada mais... De nada valiam os lamentos. Já era demasiado tarde. Ia-me embora... Ainda tinha o quarto para arrumar, malas para fazer, e algumas sensações que mais valia esquecer... Como tantas vezes antes na minha vida, chegara o momento de me levantar do chão, e recomeçar outra vez...

Amigo 'tas aí?... 'Bora...

*

O Tempo... O Tempo é o berço da esperança, mas a sepultura da ambição. É o corrector severo dos tolos, mas o judicioso conselheiro dos sábios. Adverte-nos com uma voz que, mesmo os mais sábios duvidam por muito tempo, e os mais tolos crêem demasiado tarde... A sabedoria caminha diante dele, a oportunidade, com ele, e o arrependimento, atrás dele... O Tempo é que te fará perceber onde erraste, o mal que me fizeste, e o grande Homem que perdeste... És como algumas pessoas que andam por aí... Muitas pessoas pensam que sabem o que desejam fazer, ser, e alcançar, mas, muitas vezes, terminam derrotando-se a si mesmas. Porque será?... Fica a pergunta no ar... Quem sabe um dia encontras a resposta?... Se a encontrares, prometes-me que ma mandas, assim pelo ar?... Eu, que ando sempre com a cabeça no ar, vou encontrá-la de certeza... É sempre assim... Aliás, as minhas melhores ideias aparecem-me sempre é quando estou distraído, e quando nem sequer estou a pensar nelas... Mas é exactamente por ter a cabeça no ar que aprendi, ao longo de toda a minha vida, a deixar tudo fluir... Porque achas que sou feliz assim?...

Schiiuuu... Pensa!... É tudo por agora...

*

Li não sei aonde que, se nós aceitássemos as nossas possibilidades no presente, de certeza que íriamos melhorar no futuro. Mas que, se negássemos as nossas limitações, jamais nos veríamos livres delas... E reconheci que eu, ao não querer esquecer-te, diminuía-me. E cansei de me diminuir. Digamos que decidi crescer... Se a vida que passou não foi aproveitada no tempo certo, agora é tarde demais... Não vale a pena chorar o que nunca se viveu. A vida que ainda não aconteceu, é preciso esperar pelo momento certo para que ela aconteça. Não vale a pena ficar ansioso à espera, senão não vives o teu momento presente. E esse é o momento presente... Porque achas que se chama "presente"?... O "Aqui" e o "Agora" marcam um instante sagrado, onde tudo acontece ao mesmo tempo, onde não há futuro, nem presente, nem passado, e que é tudo o que Deus tem para ti... Agora... Pega... É teu... Esse momento, aqui e agora, é uma oferta de Deus para ti… Vive-o sem medo, e verás que serás muito, mas mesmo muito mais, feliz...

Vou ter de ler isso de novo… E várias vezes até, para ver se aprendo a ser feliz de uma vez por todas…

*

A vida é feita de pequenos e grandes milagres. Nada é aborrecido porque tudo muda constantemente. O tédio não está nem na vida nem no mundo, mas sim na maneira como vemos a vida, e na forma como encaramos o mundo. E tu conheces-me.. Quis - (*e tive mesmo de o fazer…*) - enfrentar a minha dor de frente, e enfrentei-a… Doeu-me muito, rasgou-me mesmo de alto a baixo, a minha dor foi tão forte que quase separou a minha Alma do meu Espírito, mas, foda-se, eu venci… Reduzi a minha dor à insignificância dela… Pois, quando lhe mostrei a minha vontade de viver, ela ficou reduzida a nada. Quando lhe mostrei a minha capacidade de perdoar, e de amar, ela simplesmente desapareceu… E até hoje não sei por onde ela anda… Mas devo-te confessar que, apesar da dor ter partido, ficou o vazio que tu me deixaste, e hoje sou eu que não sei onde estou. Nem sequer sei quem eu sou. Tenho sido forte, eu sei. Tenho seguido em frente com sacrifício, mas com dignidade, digna de um guerreiro como eu, *blá, blá, blá, blá, blá, blá…* Mas a porra da dor, quem a sofre sou eu… Quem são os outros para julgarem a minha dor?... Foda-se … Mas eu ponho-me na vida de alguém?... Porque é que insistem sempre tanto em meterem-se na minha vida?... Tal gentinha reles, medíocre mesmo… Ainda se o julgamento dos outros aliviasse a minha dor, mas não, só a aumenta… Porque simplesmente me faz recordar tudo o que quero esquecer, ou seja, que te perdi a ti…

*

As vezes basta uma vírgula para mudar toda uma vida... Por uma vírgula, te amei, por uma vírgula, te perdi, por uma vírgula, tu foste. Por uma vírgula, partiste. E, por uma vírgula, nunca mais voltarás... E, por essa vírgula, ainda hoje choro, ainda hoje sofro... Sei que, se voltasses, toda essa dor poderia também voltar um dia... Mas também sei que, se nunca mais voltares, toda esta dor voltará para mim todos os dias, até ao fim dos meus dias. E isso é pedir muito, mesmo até para alguém como eu. Tu percebeste. Nem me vou dar ao trabalho de te explicar. Contigo as palavras faladas, e escritas, não funcionam para definir o que sentimos; apenas os gestos. E estes não precisam de palavras. Talvez por isso ainda te ame tanto. E, é por te amar assim tanto, que não consigo te perdoar. E, mesmo que quisesse, ou pudesse, tu bem sabes, meu amor, que é através dos olhos que todo o perdão acontece. E como posso ter sequer a chance que me perdoes, se nos meus olhos não queres mais olhar?. Tenho a minha resposta para isso. Talvez por saberes que, ao olhares nos meus olhos, verias reflectido neles o motivo da minha dor, ou seja, vias-te a ti. Sabes que te verias a ti retratada na minha dor e, por isso, afastaste-te. Como se fosse possível a ti, ou a quem quer que seja, afastar-se de uma dor, ou de uma culpa, só por afastar-se. Tu bem sabes que elas estão instaladas em ti, e não fora de ti. E onde quer que vás, tanto a dor como a culpa, irão contigo. Sempre... Porque achas que, depois de todo esse tempo que nos separamos, ainda não és feliz?. E porque achas que eu sofro ainda tanto assim?. Por não te ter ou, simplesmente, por não seres feliz?...

Schiuuu... Pensa...

*

Lembro-me que, numa das últimas conversas que tivemos, te perguntei algo sobre o Amor, e respondeste-me qualquer coisa que me fez dizer-te isso:

"É essa a grande dificuldade de entendimento entre nós... Tu queres que eu perceba o que só se sente, e quero que sintas só o que consegues perceber... Sentir mais do que isso é sofrer... E sofrer não é amar... Um dia percebes..."

Já te disse, meu Anjo, que o Amor, tal como a Fé, não se racionaliza... Se quando a Fé se manifesta, a Ciência cala-se, quando o Amor aparece, a Razão desaparece, e a Mente cala-se, aquieta-se... E a Emoção passa a fazer o seu papel, e passa a sentir... E aí, quem passa a falar é a Emoção... E a Razão cala-se... Que mania da porra essa que tu tens de racionalizar tudo. Como podes aspirar a ser feliz assim?... *Pôh* miúda, fecha os olhos, respira bem fundo, e fica assim durante alguns segundos... Aquieta a tua mente, acalmando os pensamentos que te fazem correr no dia-a-dia, fazendo-te fugir de ti... Entra em ti e encontra-te... Ficarás em paz. Verás... O ser humano está sempre ocupado, fazendo qualquer coisa para ocupar a mente, para não ter de pensar. O ser humano tem muito medo de estar sozinho consigo próprio. Obriga-o a pensar, a fazer uma viagem dentro de si... E, porque tem medo do que vai encontrar, porque sabendo-se vazio interiormente, já sabe que não vai encontrar nada, simplesmente não o faz... Mas tu não és um vazio. Nem sequer tens a noção de Quem És Tu... Um dia explico-te a grandeza de um dia termos sido NÓS... Mas, para isso, primeiro terias de compreender a minha, e a tua grandeza, para que, no fim, pudesses vislumbrar um pouco da grandeza que foi - (*e que é*) - o nosso NÓS... Esse NÓS que quebraste, e que, por causa dessa quebra, viramos Eu e Tu, com vidas separadas outra vez... Tu apenas me disseste:

E já que me estás a dar a tua opinião sobre assuntos do coração, vou dar-te a minha também...

E disseste... Falaste, miúda... Ouvi tudo o que esperava, e o que não esperava, e até o que acho que nem merecia ouvir, mas talvez a culpa até fosse minha, afinal fora eu quem começara aquela conversa sobre o Amor... Cada frase tua era como uma tesourada no que restava da minha vida... Quando acabaste de falar, simplesmente, viraste-me as costas e saíste... *Again...* Ainda éramos namorados nessa altura, mas já se adivinhava a nossa, inevitável, ruptura... E fiquei eu ali sentado, na beira da minha cama, uns minutos em silêncio... Quando acordei para a realidade, já ias longe... Como sempre, já estavas bem longe de mim... (*Às vezes me pergunto se algum dia tiveste perto...*). Mas, apesar de ter ficado, e de ainda estar, em silêncio, sentia-me irrequieto por dentro... Mas por que raio estaria eu a sentir-me assim tão irrequieto?... Não fazia sentido. Devia sentir-me em paz, afinal foi apenas mais uma discussão banal entre nós, e nada mais do que isso... Mas comecei, aos poucos, a desconfiar, se o nosso namoro já não estaria acabado, ou se haveria ainda algum ciclo entre nós por se fechar?... E, caso houvesse, e depois de fechado esse ciclo, seria a nossa separação uma noticia esperada, ou algo inevitável, mas repentino?... Estaria preparado para tal, caso isso viesse a acontecer?... Bem, isso é paranóia minha. Só pode ser... Afinal, eu e ela nos amamos demais um ao outro para nos magoarmos dessa maneira... *Porra*, as coisas que um Homem pensa quando discute com a Mulher que ama... O que me *fode* mesmo é que elas pensam que só elas é que sentem, que só elas é que sofrem, que só elas é que sabem amar...

Pai, perdoa-lhes... Elas não sabem o que dizem...

*

Nessa negligente caminhada da Humanidade, as escolhas parecem arbitrariedades, o secundário precede o primordial, cuida-se do acessório, e despreza-se o essencial... Infelizmente, o mundo anda assim... Quanto a mim, não odeio ninguém, amo toda a gente, perdoo todos os que consigo, e ajudo todos os que eu posso... Podes optar por viver assim também. Não é difícil. Basta quereres. Está em ti viveres assim. Se o fizeres - (*se viveres assim*) - viverás em paz contigo própria, e com tudo o que te rodeia. E serás feliz... Se viveres essa filosofia de vida verás que serás muito mais feliz, porque viverás muito mais em paz. E o que te pode dar mais felicidade do que paz interior?... Nada!... Houve alguém que disse um dia:

É o que não conseguimos ser que nos faz ser o que somos...

Penso nisso agora com uma urgência infinita... Porque tiveste de partir para onde não estou?... Para onde partiste, se sabes que eu não vou?... Se sem ti não sou nada, e se não consigo ser nada sem ti, o que achas que me resta ser?... Nada, simplesmente... Eu, sem ti, não sou nada... Podia mentir-te e dizer-te que quero-te por tudo o que és, mas tu bem sabes que te quero mais ainda, e que te amo mais ainda, por tudo o que sou, e que consigo ser, e sentir, quando estou contigo... Quero-te pelo que sou... Porque sinto em ti a pessoa que quero ser... Mas foste. Partiste. Saíste definitivamente da minha vida. Péssima escolha... Escolheste o péssimo e deixaste-me o insuportável... Tens noção do que me fizeste?... Não sei se te amo ou se te odeio... Nem sequer sei o que mereces de mim... Imagino que podes voltar numa noite de arrependimento ou num momento de redenção... Perto de ti, perco-me de mim... E fico assim triste, melancólico, nostálgico, eu sei lá... A melancolia é a filosofia do corpo, o instante em que todo eu me encontro para reflectir... Sento-me dentro do que penso, e reflicto no que me faz estar vivo... É preciso a melancolia para que a alegria faça sentido, é importante perceber cada momento de distância para que todas as presenças aconteçam... E, mesmo na tua ausência, tens sido uma presença constante na minha vida... Onde estás?... Preciso amar-te com urgência... E essa urgência em amar-te fez com que eu parasse no tempo... Espera aí... Vou à procura de mim e já volto. Ou então, se preferires, dá-me só um minuto para eu nunca mais voltar...

*

Quando alguém ama suporta até a sua infelicidade, mas nunca a infelicidade de quem ama. E sofri muito quando soube que sofreste por mim. Hoje sei que já ultrapassaste isso, e hoje apenas sofro por mim. Mas a isso eu até já estou acostumado. O pior mesmo, em todo esse processo, foi o ter de aprender a viver na companhia da tua ausência. Hoje há um espaço tão grande entre o que eu vejo em mim e o que sou. O que vejo em mim é apenas dor, e o que sou... Eu sou, simplesmente, nada... Entre essa dor e esse nada que sou, ficou o nosso Amor, o teu Amor, e esse "Tudo" que és tu... Sei que às vezes - (*só às vezes...*) - parece que te odeio, outras, que te amo demasiado... Não posso odiar quem um dia amei tanto, que me amou tanto, e que me fez tão feliz... Sim, eu sei que hoje já não fazes parte da minha vida, e julgo até que já nem te lembras mais de mim, e acredito que já nem sequer te recordas quem eu sou - (*Será que alguma vez o soubeste?...*) - mas também sei que te amo como nunca amei ninguém... (*tal como espero que o saibas também...*). A única coisa de que te acuso - (*ainda...*) - é de me teres deixado sem respostas. Eu, simplesmente, não percebia - (*não percebo nem nunca percebi...*) - por que raio querias tanto a nossa separação... Claro que não percebi. Nem nunca poderia perceber. Sei o namorado que fui, *foda-se!...* Eu pensava ser o teu mundo. E saíste-me com essa... Mas conheces-me, sabes como sou... Acabei por te perdoar - (*espero que me tenhas perdoado também...*) - e fiquei em paz... Mas, o vazio?... Esse ficou. E ainda faz questão em ficar por aqui...

E fica... E fica... E fica... E...

*

Tanto que há para escrever e só consigo escrever sobre ti... Que desgraça, ou que maldição, és tu, que me fazes tão feliz, e tão infeliz, ao mesmo tempo?... Sinto um frio enorme agora que não estás. És tão inacabável em mim. Sinto-me tão incompleto sem ti. Sem ti, sou simplesmente uma impossibilidade da Existência, se não puder ter a tua presença... E, se não te tiver, enlouqueço. E entre a inconsciência e a loucura, prefiro escolher a que te trouxer. Então, que venha a loucura, que se *foda* a sanidade. Vale tudo para que voltes. Qualquer loucura é bem melhor do que a insanidade que é viver sem ti... Houve um dia alguém que afirmou que:

"Se as coisas não estão bem é porque você ainda não chegou ao fim...", e afirmou ainda:

"Se você continua vivo é porque ainda não chegou onde devia..."

Sei que, desde que partiste, não estou bem, mas não vejo a que fim posso ainda eu chegar. Não pode haver um fim se o meu princípio és tu, e, no teu fim, é exactamente onde (*re*)começo... Logo não tenho, ou melhor, não temos, principio nem fim. Fomos, e somos, Amor em estado puro... - (*tu, melhor do que ninguém, sabes disso. Percebes isso!...*). E eu continuo vivo porque ainda não cheguei onde devia?... Depois de ti, não há onde chegar. Foste, és, e serás sempre - (*e para todo o sempre...*) - o meu ponto de partida, e serás sempre o meu eterno ponto de chegada. Não há nada para além de ti. Não há nada para além de nós... E sabes disso. Só nós... O resto é escuridão e vazio. Onde andas, minha luz?... Porque me deixaste aqui sozinho nessa escuridão, se tu bem sabes que eu morro de medo do escuro?... Ouço agora a música ***"When I was your man"***, do ***Bruno Mars***, e choro... Identifico-me com a dor dele... Tu achas, meu amor, que eu poderia ter feito mais?... *Pôh*, eu fui o melhor namorado que pude. E que soube ser. Acredita que fui o melhor que consegui ser... (*ou, pelo menos, tentei...*). Dei-te o melhor de mim. Dei-te tudo o que sou, e o que de melhor consigo ser... E sabes disso, não sabes?... Porque não desabafaste comigo?... Porque te fechaste em ti, e não te abriste para mim?... Porque não me disseste o que te incomodava?... Mas, não... Optaste por não dizer nada e partir... E partiste em silêncio. E, em silêncio, me deixaste. E, em silêncio, ainda hoje estou. E, no silêncio, até hoje vivo eu... É muito silêncio para um Homem só... Fizeste-me lembrar agora algo que escrevi, e que publiquei, num livro meu, o ***"Diário de um Homem esquecido"***...

"Se a saudade fosse um som, seria o som duma lágrima a cair... Se a nostalgia se visse, seria um pôr-de-sol... Pôr-de-sol esse que, quando o olhasses, chorarias ao recordar a saudade de um Amor que um dia partiu... Aí a saudade viraria lágrima e cairia. E, ao longe, esse Amor ouviria o som dessa lágrima, e ele viria voando para a enxugar. Pois, se ao longe choravas, ele, ao longe, sentiria o peso dessa lágrima e da tua dor... E só se sentiria em paz quando te livrasse do peso que é perder alguém que se ama. E amar-te-ia intensamente. Tão intensamente como o Amor Original. Tão intensamente como eu amo alguém. Mas esse alguém já deixou de ser saudade há muito tempo. Hoje o que sinto não se define. Apenas se sente... E o que sinto não tem nome, apenas dor... Dor que, de tanto me fazer companhia, passou a ser parte de mim, até que um dia, de tanto me envolver, nos tornamos um só. Por isso sei que ela também sofre... Enquanto não me libertar dessa dor, sei que ela nunca será feliz. E eu nunca terei paz... Então tenho de ser feliz para que ela o possa ser também... Nem que seja só para ela ser feliz. Aí sim, serei feliz. Quando ela o for... Nesse dia partirei sorrindo e chorando. Sorrindo, pois finalmente ela já é feliz, e chorando, porque sei que nesse dia a perdi para sempre... Mas parto em paz porque um dia ela chegou a ser minha, e eu dela... Já fomos um. Hoje somos dois. Dois estranhos que um dia foram o mundo um do outro. Dois seres que hoje passam um pelo outro e nem sequer se olham, sendo completamente indiferentes à existência um do outro. Como se esquece isso?... Como se vive com isso?... Como me libertar disso?... Isso não é saudade nem dor. É frustração por não conseguir ser feliz, e ter culpa dela não o ser. E sinto que não posso fazer nada para mudar isso... Quem me dera que as coisas fossem, diferentes. Mas uma vez que não o são,

limito-me a recordar-te. Aprendi com isso a nunca te esquecer... Amar-te-ei até ao fim dos meus dias, mesmo que isso signifique viver sem ti o resto desses meus dias. Isso não é uma promessa. É a minha convicção. Minha certeza, minha razão de viver. E isso não tem som, não tem cor, não se ouve, não se vê... Sente-se!... Mas se o meu sentir fosse um som, seria uma estrela a chorar, Jesus na Cruz a gemer, o som da minha lágrima a cair, de tanto por ti chorar... Há coisas que não se ouvem, não se vêem, e outras que nem sequer se explicam... Como queres que te diga a cor do que sinto, se até já nem sinto, e o nome do que quero, se já não quero nada?... Vivo na ausência dos meus sentidos, e eu não vejo, não ouço, não penso, nem sinto... Simplesmente não existo... Porque, sem ti, nem vale mesmo a pena existir... Então parto, e refugio-me num sítio que só eu sei, só eu conheço, e que até Deus não está certo de conhecer... É lá mesmo. No sítio onde me deixaste... É lá que tens de me procurar... Lá achar-me-ás da mesma maneira que me deixaste... Só espero que tenhas a dignidade de corrigir o que me fizeste. Deves levantar-me e dar-me asas para juntos voarmos em direcção ao Paraíso. Ilusão minha?... Não!... Essa já foi a nossa realidade!... Quem sabe se volta a ser de novo?... Com as voltas que a vida dá, não espero nada, mas já acredito em tudo. E a piada da vida está nisso. Quando menos esperamos acontecem as coisas que sempre desejamos, mas que nunca esperávamos que acontecessem... Mas, por vezes, o inevitável também acontece. Deve-se enfrentar o inevitável com o dobro da força da energia da nossa existência. Ele sucumbirá aos teus pés. Seguirás em frente mais forte. Finalmente, ao longo de tanta batalha, já és um Guerreiro. E, mesmo ferido, continuas a lutar... E Guerreiro é aquele que nunca desiste, é aquele que luta até ao fim, é aquele que mesmo a esvair-se em sangue, continua a combater... Mas também é aquele que sabe quando atacar e quando parar. Agora que parei *de combater, comecei a pensar em ti, como se em ti fosse buscar forças para o próximo combate que se avizinha. Essa minha visão que és tu, dá-me forças não só para voltar a combater, como para chegar mais longe. E fico cada vez mais perto de ti... E tenho a certeza que um dia voltarei a estar ao teu lado de novo... E suspiro... No meio da guerra suspiro... E suspirando volto a erguer a minha espada e, por ti, continuo a lutar... Um dia minha batalha terá fim... Se morrer entretanto, quero que saibas que lutei por ti... Da melhor maneira que sabia, com tudo o que tinha, com todo o meu Ódio e Amor, com toda a minha vida, dei por ti a minha vida... Se não morrer, so páro de lutar quando finalmente fores minha... Amo-te e amar-te-ei eternamente. Entretanto, vou continuar a lutar...*

*

Quando se perde alguma coisa que se pensava estar assegurada, isso converte-se no objecto do nosso máximo desejo, pois, no fundo, apenas desejamos sempre o que não temos. Muitas vezes até quando aquilo que desejamos nem sempre é o que queremos. Apenas o desejamos por não o ter, e, no fundo, nunca por realmente o querer. Pois, muitas vezes, ao alcançarmos o que desejamos, o mais natural é deixarmos de o querer... É como a cobra... É largar a pele e seguir em fente... Infelizmente há muita gente que pensa, e que vive, assim... (*Pai, perdoa-lhes... Eles não sabem o que fazem...*). E tu, desejas o que queres, jogas fora, largas a pele e segues em frentes, ou estimas, e valorizas, o que alcançaste, porque não só sempre o desejaste, como foi sempre o que quiseste?... Ou então, apenas desejas o que não tens, não por realmente o quereres, mas sim por simplesmente não o teres?... Largas a pele e segues em frente?... Não?... Às vezes, parece que sim... Enquanto não me tiveste, sempre me desejaste. E nunca descansaste até me teres. Depois de me teres, deixaste de me querer, e abandonaste-me, deixando-me filho de uma dor que não é minha, e afogado no meio das lágrimas dessa dor, que ninguém parece entender... Doeu. E ainda dói muito... Mas agora quem está na hora de largar a pele sou eu... Quem sabe assim cresces, se receberes um pouco daquilo que me deste e que, no fundo, não era meu. Era teu!... Sei que não percebeste. Sei até onde vai a tua inteligência... És tão inteligente que perdeste um Homem como eu. Mais palavras para quê?... Resumiste-te à tua insignificância e voltaste a ser a gata borralheira que sempre foste. E eu?... Esse *sapinho* aqui vai beijar outra *princesa* qualquer... *Adios...*

*

O dia amanheceu chovendo a cântaros, choveu todo o dia, e não parou de chover toda a noite. Foi um dia triste, escuro, de ruas vazias e de estabelecimentos de persianas corridas. De céu de chumbo, e de charcos onde chapinhava a melancolia. Mais um dia típico em *Londres*. *Londres*... Chuvosa, e fria, como sempre... Mas agora tudo era diferente... Levava uma vida solitária, e não escolhida, cheia de ausências e de incertezas. Como uma criança que começa a andar, só que com mais de quatro décadas de vida às costas. Uma idade em que já deveria ter atingido uma maturidade serena, garantida pela experiência, e pela segurança do conquistado ao longo dos anos, mas que, a mim, no entanto, me apanhara com os passos trocados. Com a auto-estima destroçada, a sensibilidade à flor da pele, e o horrível, e amargo, sabor do fracasso, e da derrota, na boca. Sentia no peito uma pontada de melancolia. E dei comigo, subitamente, a pensar em ti... A tarde foi passando, o sol caindo aos poucos no vidro da janela, a imagem dela ficou suspensa no ar, como se flutuasse bem na frente dos meus olhos, e eu nem sequer pestanejava com medo que, ao pestanejar, a imagem dela se esvanecesse entretanto... Pois é, meu Anjo, a vida acaba sempre por dar voltas inesperadas porque, às vezes, pensamos ter tudo sob controle e, de repente, apercebemo-nos de que nada é tão firme como pensávamos. Perder-te foi assim. Algum dia eu julgava ser possível te perder?... Vê lá tu, meu Anjo, as voltas que a vida dá. O destino levou-nos por rumos diferentes e, com o passar do tempo, deixamos de nos contactar, e perdemos o rasto um do outro. Acreditas que ainda hoje me pergunto se terá sido mesmo o nosso fim?... Lembro-me da última vez que te vi antes de partir... Sorrias... Mas havia nos teus olhos um poço de tristeza que não conseguias esconder. Nem fizeste questão em esconder, talvez porque, no fundo, tivesses a esperança de que eu, ao ver a tua dor, percebesse que tu, em silêncio, me pedias para ficar. Mas, mesmo que tivesses me dito algo naquela altura, nada do que me pudesses dizer, me convenceria a ficar. Em silêncio percebeste isso. Em silêncio, ficaste. E eu, em silêncio, parti... E, em silêncio vivi, e vivo, até hoje... Mas chegar a uma certa idade também tem o seu lado positivo. Perdemos algumas coisas pelo caminho, eu sei. Mas também sei que ganhamos muitas outras. Aprendemos a ver o mundo duma outra maneira, e desenvolvemos sentimentos estranhos. Como a compaixão, por exemplo. E a compaixão não é mais do que querer ver os outros livres de sofrimento. Independentemente do sofrimento que os outros nos possam ter causado. Sem prestar contas, sem olhar para trás... Simples assim... Foi o que fiz contigo...

*

Dizem que a compreensão é um sinal de maturidade emocional. Não é uma obrigação moral nem um sentimento que nasça da reflexão. É simplesmente uma coisa que chega, quando chega... Dizem... Dizem muita merda por aí... Por isso, nunca ligo ao que ouço. Apenas ligo ao que sinto. Só isso, para mim, é real. O que sinto é tão real quanto eu. Não há como o negar. E, nesse momento, sinto-me vazio... Passei o dia inteiro a pensar na incerteza. Na incerteza que é viver sem ti. Contigo era tudo mais fácil, contigo era tudo um pouco mais azul... Mas perdi-te. Infelizmente... Mas já vivi o suficiente para saber que a vida altera o seu rumo a cada esquina. E alterou completamente a nossa, *foda-se*... Hoje apenas me resta uma enorme sensação de abandono e solidão. Sei que as coisas têm sempre de ter um fim, mesmo que seja doloroso. E que não é bom deixar feridas abertas. Também sei que o tempo cura tudo, mas, que antes, é conveniente a pessoa reconciliar-se com o que deixou para trás. Como pode uma pessoa seguir em frente em paz, se não o fizer?... Impossível... Nalguma esquina do tempo, nem que seja noutra vida qualquer, haveremos de nos cruzar de novo, para fecharmos esse ciclo. Para quê carregar mais carmas?... Porque não fechá-lo já aqui?... Mas fechar o ciclo, meu amor, não é virar as costas ao problema, é encará-lo de frente, enfrentá-lo, e derrubá-lo. Só assim se fecha o ciclo. Para quê esperar mais tempo, sofrer em mais vidas?... Já não basta tudo o que já sofremos?... *Schiuuu...* Pensa nisso... Não te esqueças, meu Anjo que, de uma maneira ou de outra, todos nós temos dívidas pendentes com o nosso passado. Mentiroso é aquele que diz que não as tem, sábio é aquele que as enfrenta, e tolo é todo aquele que não percebe... E tu, onde te situas, meu amor?... És mentirosa, sábia ou tola?... Deixa 'tar... Guarda a resposta para ti. Eu sei a resposta. E acredita que vou guardá-la só para mim. Nem a ti ta direi. A sério!... Não te preocupes, passa a ser um segredo só nosso. Mais um. Já temos tantos... Muitas vezes deves pensar que sou um perturbado, dependente da sombra da tua ausência, mas já te disse, *my love*, que há muito tempo que saí das trevas. E hoje já não vivo na escuridão. Com muita dor pelo meio, é verdade - (*nunca disse que foi fácil...*) - mas aprendi a viver sem ti, e aos poucos refiz, pedaço a pedaço, a minha vida. Não me reconciliei com a tua ausência, mas tinha - (*e tenho!*) - de viver diariamente com a minha presença, logo tive de aprender a viver sem ti, senão não conseguiria viver comigo próprio. É lógica pura: Eras tu ou eu. Não me restava outra alternativa possível. Tive de me escolher a mim. Já ontem te disse que há muito tempo que deixei de viver agarrado à nostalgia do perdido. Tenho bem dilimitadas as fronteiras entre o ontem e o hoje, entre o que fui e o que sou, entre o que sofri, e o que nunca mais quero voltar a sofrer. Talvez, por isso, digas que estou diferente... No meu primeiro livro - ***"Essência perdida"*** - sobre isso, publiquei, uma frase que diz assim:

Há quem diga que é na diferença que marcas a tua presença, mas como posso marcar presença se, por causa da minha diferença, te perdi?...

E não tenho culpa de ser diferente...

Acho que se aplica, na perfeição, a nós, não achas?... Percebeste, ou queres que te explique?... Acho que não é preciso. Acho que a tua ignorância não chega a tanto. Bem, muito inteligente não deves ser de certeza, afinal, perdeste-me... Por isso parti... Afinal só nos podemos reinventar verdadeiramente se estivermos longe de casa. Tive de partir. Não consegui continuar a magoar-te. Nem a deixar que me magoasses mais. No fundo, a nossa separação era inevitável, afinal tudo tem um fim. E, que eu saiba, nós não somos imortais... Os meus sentimentos por ti, quando eu parti, oscilavam como um pêndulo em diferentes direcções. Mas perdoei-te. Mas, no final das contas, não havia nada a perdoar-te. Eu não tinha nada a te perdoar. Fizeste o que fizeste porque, tal como eu, não tinhas outra solução. Prefiro lembrar-te assim... Será a única coisa tua que levarei sempre comigo... Amaste-me desde o primeiro minuto, amaste-me até ao fim. Só não ficaste comigo porque não podias. Porque eu não deixei. A tua família também não. Porque a vida, ou Deus, sei lá, não o permitiram, mas nunca, nunca mesmo, por não me amares... Eu conheço-te miúda... A ti, e ao teu amor por mim... E, mesmo que as circunstâncias me mostrem o contrário - (*tal como agora*) - vou sempre acreditar que me amas. Afinal, pediste-me isso. E diz-me, meu Anjo, como posso eu recusar um pedido teu?...

PS: Espero que essa memória te dê forças para continuar porque, a mim, destruiu-me...

*

No dia em que parti de regresso a *Londres*, juro-te que ouvi o som do meu próprio coração a despedaçar-se. Não estava voltando para o *Reino Unido* porque queria, mas sim porque não tinha alternativa. Quiseste que eu te esquecesse e, para que isso acontecesse, eu teria de estar bem longe de ti. E bem longe daqui... Basta dois instantes se encontrarem - (*o da infância e o da velhice*) - para nos tornarmos apenas uma página da história. O que vivemos entretanto é a nossa vida. Então, para quê complicar tanto?. Ama e pronto. É, para ti, assim tao difícil amar e ser feliz?...

Mas porquê, porra?... Porquê?...

*

Se quisermos há silêncios que podem ter voz... Disseste-me sempre tanta coisa em silêncio. E, em silêncio, ensinaste-me outras tantas. Obrigada por isso. E nunca o soubeste. Desculpa-me por isso... Olho agora uma foto tua - (*trago-a sempre comigo...*). Foi a única forma que encontrei de te ter um pouco mais perto de mim. Olho agora nos teus olhos e, pelos teus olhos, procuro o rasto daquilo que um dia fui e, agora, nos teus olhos, tento simplesmente me encontrar. Tu sempre comunicaste mais comigo em silêncio. Foi o teu silêncio que me disse que tu já não me amavas mais. Saber isso despertou em mim emoções, e sensações, que não compreendes.

Quando te perdi, senti uma parte da minha Alma afundar-se. Tu sabes lá o que eu passei. Estou momentaneamente perdido. Depois de ti, simplesmente, não sei o que fazer à minha vida. Quem sou eu sem ti? Quem és tu sem mim? Quem somos nós, um sem o outro? Será que desse "nós" não restou mesmo nada?... Para os bons e maus momentos, seja para o que for, para tudo mesmo, tu és, e fazes parte de mim. Já fizeste - (*e fazes!*) - parte da minha história. Impossível esquecer-te. Esquecer-te seria apagar uma parte linda - (*mágica mesmo!*) - da minha vida, e uma das partes mais lindas da minha existência, logo é-me simplesmente impossível esquecer-te. Não posso simplesmente fazer isso comigo, contigo, connosco. Tu é que pensas que sabes o quanto te amei. Tu nem sequer sabes - (*não imaginas mesmo!*) - o quanto ainda te amo. Lá nada... Mas infelizmente, ou não, cheguei à conclusão de que a melhor coisa que eu podia fazer, era desistir de ti, e de nós, e voltar a ser simplesmente quem eu era. Quem eu sempre fui. Quem eu sou. Aquele que nunca chegaste a conhecer. Amaste-me sem me conheceres. Como podias esperar compreender-me? Pelos vistos, continuarei a ser, para ti, um mistério que nunca irás decifrar, quanto mais desvendar... Agora sou eu que te pergunto:

Quem és tu?... E em que percurso da tua, e da nossa, vida, te perdeste pelo caminho, que eu não percebi?... Ei, meu Anjo, 'tás aí?...

(silêncio...)

*

Algures nas profundezas da minha consciência, apercebi-me de que algo estava mal. Muito mal mesmo. Sentia-me incompleto. E não sabia explicar o porquê. Talvez por não te ter, ou por simplesmente porque não poderia fazer o que queria fazer, que era, obviamente, estar contigo. Então, para não me afundar mais ainda nos meus próprios pensamentos, e na dor de te ter perdido, concentrava-me a 200% no meu trabalho. Trabalhava de forma compulsiva, para me evadir dos meus próprios pensamentos. Ocupado, não pensava. Por isso, odiava estar só. Cada vez que estava só, era marcar um encontro contigo e com a minha dor. Dar de caras com a minha solidão era engolir a seco a tua ausência... E o que me doía mais - (*e o que me dói mais...*) - é saber que a culpa da nossa separação foi - (*e é!*) - minha. Acuso-te a ti, quando deveria apontar o dedo era para mim... Perdoa-me, meu Anjo...

*

Não havia tempo para a nostalgia. Nem, talvez, para a esperança, para que tudo voltasse a ser como era. Tinha-se quebrado qualquer coisa entre nós, e dificilmente existiria volta atrás. O nosso objectivo estava na frente e não nas costas. Ela queria ser feliz. Eu não estava conseguindo a fazer. Ela também já não me conseguia fazer feliz. Não havia volta a dar. A ruptura tornou-se inevitável. E o que me dói mais, é que na altura em que nos separamos, amávamo-nos tanto. E ainda hoje tenho a certeza que, apesar de toda essa distância, e de toda essa tua ausência, ainda nos amamos muito. Eu sei, meu Anjo, eu sei... Não digas nada. Sei que o culpado dessa separação fui eu. Não precisavas me lembrar disso. Já basta carregar com essa culpa a vida toda, já para não falar da tristeza que sinto por já não te ver sorrir. Sempre que te vejo estás triste... E a *porra* toda é que eu sei que a culpa dessa tristeza toda é minha...

Logo eu, que já te fiz tão feliz, como te pude magoar assim tanto?... Logo eu, que já fui o teu mundo... Logo eu...

*

A maior tristeza que carrego dentro de mim foi o rumo que tomou a nossa relação. Pelo seu novo rumo. Pelo futuro que nunca partilharemos. Pelo nosso passado e pelo nosso presente. Pelo que fomos antes. Pelo que éramos então. E por tudo aquilo que ficou por viver, por tudo o que nunca seríamos, e que nunca viveríamos. Por tudo o que nunca fomos. E que nunca seremos... Nunca mais... Custa a acreditar que viramos fumo... Ondas andas, minhas luz?... Vem me tirar dessa escuridão. Tu bem sabes que morro de medo do escuro. Como pudeste me deixar sozinho aqui?...

*

Na impossibilidade de voltar a ter-te de novo, refugiei-me na recordação de um dia te ter tido... Como achas que sobrevivi, meu Anjo?... De alguma forma tinha - (*e tive!*) - de enganar meu coração. Doutra forma não conseguiria sobreviver. Tenho a certeza... E assim passei eu esse tempo todo enganando-me a mim próprio, para que a minha reles existência pudesse ser possível, e fazer, no mínimo, algum sentido... Até custa a acreditar, *foda-se*... Quem és tu que me reduziste a esse ponto assim?... Quem és tu que nada deixaste que restasse de mim?... A sério, quem és tu?...

*

Quando nos apaixonamos por alguém, essa pessoa já tem a sua história. Aliás, tem várias histórias. E enquanto absorvemos factos, ou formamos impressões, temos o impulso obstinado de os contextualizar. Começamos logo a construir uma história sobre essa pessoa, de como essa pessoa cresceu, como foi tratada pelas pessoas que amou, enfim, tudo... A forma como essa pessoa aparece agora diante de nós, torna-se parte dessa mesma história, a forma como essa pessoa tenciona viver o amanhã, torna-se parte também dessa mesma história. Depois, nós próprios entramos na história. E passamos a dizer à pessoa amada: *"Nunca ninguém te amou como eu"*, *"Nunca tiveste ninguém à tua altura até me encontrares..."*, *"Amo-te pelo que és..."*, *"Sem ti não sou ninguém..."* e *"Nunca ninguém me amou como tu..."*. Nada disso são factos. É tudo uma combinação entre o que essa pessoa nos disse e o que dissemos a nós próprios. Essa pessoa passou a ser uma personagem inventada numa história criada por nós. Não é real... E depois iludimo-nos. A desilusão vem logo a seguir. Basta levarmos com a realidade, e vermos a pessoa que ela realmente é, e como é, e, por não corresponder às nossas expectativas, desiludimo-nos. Mas isso não é desilusão. Isso é "acordar" para a realidade. A desilusão é outra coisa. Tu bem sabes o que é... Foi simplesmente tudo o que me deste, foi tudo o que me deixaste...

*

Ela dera-lhe o seu Amor, e depois retirara-lho. Ele estava certo em não confiar nela. O seu Amor por ele revelou-se inconstante e muito inseguro. Ela desapontara-o. E ela sabia-o... Ela agora teria de se aproximar devagar. Ele tinha o coração muito magoado e, tal como uma fera ferida, se ela se aproximasse depressa demais, ele poderia reagir mal, e ela sabia-o... Mas ela era paciente. E ela conhecia-o... Ela sabia que ele iria vacilar, que ele iria ceder; era apenas uma questão de tempo. Mas, lá bem dentro de si, temia que o contrário pudesse vir a tornar-se realidade também, e ele, por medo de se magoar de novo, talvez não quisesse a reconciliação, e tivessem de se afastar outra vez... Se isso acontecesse, ela sabia que, dessa vez, seria definitivo. Se ele se afastasse dessa vez, ela sabia que ele nunca mais voltaria. Dessa vez o perderia - (*mesmo!*) - para sempre...

*

Mandei-lhe um último email…

Quem sou eu?... Que sentido tem a minha vida?... O que resta de mim sem ti?... Para quê viver sem ti?... Não pareces perceber a gravidade do vazio que me deixaste... Sempre fui um Guerreiro. Sabes disso... Mas o que não sabes é que usei todas as forças que tinha em todos os combates, e batalhas, que nessa vida travei, e para derrotar todos os inimigos que derrotei. Enfrentei tudo e todos. E cheguei aqui... Mas 'tou cansado. 'Tou sem forças... Perder-te, para mim, foi um K.O. emocional tremendo. Foi um choque brutal em todo o meu ser. Ainda não vim a mim... Quero voltar ao meu corpo, à minha vida normal, mas não consigo. Às vezes apetece-me simplesmente acabar com tudo, matar-me, e deixar-me ir... Viver para quê?... Nasci para viver num eterno beco sem saída, mas agora sinto que estou no fim do caminho. Perdoa-me, se puderes... Um dia percebes... Talvez esse dia, meu Anjo, esteja mais próximo do que possas pensar. Quem sabe até pode ser já amanhã?... Ou até hoje, quem sabe?... É isso que a vida tem de interessante. Nunca sabemos o que vai acontecer a seguir... Por isso, vivo cada minuto da minha vida como se fosse o último. Pois sei que um dia, a qualquer instante, esse minuto chegará. Não quero deixar nada por fazer, ou por dizer... Se bem que, vivo ou morto, entre nós ficou tanto por dizer, muito mais por fazer, e muito mais ainda por viver. E tanto, tanto, mas tanto mesmo, que ficou por amar... Adeus, my love... Até um dia, meu Anjo... Se na Terra não te tiver mais para mim, no Céu ficarei à tua espera... (Se Deus me conceder essa graça, claro...). Um dia percebes. Um dia... Oh, como eu gostava que percebesses já agora. Antes que fosse tarde demais. Dizem que ***"nunca é tarde"*** *e que* ***"enquanto há vida, há esperança"****. Mas, e quando já não há esperança, aí já não será tarde demais?... São nessas alturas que nascem os suicídios. São nessas alturas que os Espíritos atormentados perdem as suas Almas, vagueando eternamente perdidos, algures por aí, num canto escuro qualquer... Sem nunca encontrarem a Luz... E eu não mereço esse destino. Ah, eu sei lá o que mereço... Quando um ser humano amoroso e sensível como tu, não conseguir me perdoar, que esperança há para mim?... Dá-me um motivo para não me matar. Dá-me uma boa razão para não por, em tudo, um fim?...*

PS: *Ouve* ***"Let her go"*** *dos* ***Passenger****. É o que estou ouvindo agora... Essa música encerra uma última mensagem minha para ti... Para ter a certeza que sabes qual é, a mensagem encontra-se na frase* ***"You only love her when you let her***

go...". Recorda-me. Se puderes... Se quiseres... Se conseguires... Não que ache que o mereça. Sabes bem a minha opinião sobre isso. Eu nunca te mereci. Sempre te disse isso... Eu nunca te menti. E sabes disso... Não acreditaste quando eu te disse que, sem ti, não conseguia viver, foi?... Vais acreditar, my love... Vou te fazer acreditar que sem ti na mina vida, nada faz sentido... Adeus, meu Anjo... Vou para casa... O Céu não fica aqui... Nunca te esquecerei... Levo-te comigo para a eternidade... Disse-te que era eterno. No matter what... Até um dia, meu Anjo... Até que Deus nos una outra vez... Eu tentei, tu bem sabes que tentei... Eu nunca desisti de ti... Por ironia do destino, eu desisti de mim... Simplesmente já não aguentava mais...

No dia seguinte ela soube que, naquela mesma noite, ele se tinha suicidado. Ela agora já percebia o que ele lhe estava a tentar dizer no dia anterior. Ele estava-se despedindo dela... E ela, na altura, não percebeu... Ele simplesmente não aguentou a dor de a ter perdido, e matou-se... O mundo desabara-lhe aos seus pés. Subitamente, tudo deixou de fazer sentido... E agora?...

*

Ela foi ver os seus *emails* e tinha lá alguns *emails* dele que ela nunca tinha lido. E começou a lê-los por ordem cronológica, para ver se entendia alguma coisa, para ver se encaixava alguma peça, para ver se algo a levaria a perceber o porquê daquele triste fim que ele dera a si mesmo… Ela encontrou esse *email*…

Meu Anjo:

*"Porque é que sempre que começo a escrever, começa a dar na rádio **"Thinking out loud…"** do **Ed Sheeran**?... Parece até que é de propósito para que eu escreva sobre como essa música me faz sentir… Como se fosse possível te transmitir por palavras a dor que essa música me traz?... Nunca te disse, mas quando ma dedicaste, percebi que o teu Amor por mim era lindo. Mas também percebi, nesse mesmo instante, que não podia ser verdadeiro. Porque a música apenas*

mostra o teu maior desejo, o que mais gostavas que acontecesse. Mas que, no fundo, sabias que nunca aconteceria... O nosso Amor nunca chegaria a esse ponto. Não que eu não quisesse. Mas por não teres a coragem de assumires o nosso Amor. Nem, muito menos, o teu Amor por mim perante a tua família, e os teus amigos. E nós sabemos muito bem o porquê... E tu bem sabes que o complexo não é meu... É teu... Sempre foi... Para viver esse Amor nas sombras, dava para estares comigo mas, quando fosse para dar a cara, e assumir tudo, já não dava... E depois o hipócrita sou eu...(Pai, perdoa-lhe... Ela não sabe o que fez... Pai, volta a perdoar-lhe... Ela não sabe o que faz...). Nunca terias essa coragem. E sabes disso... Eu também sei. Mas não faz mal, amor. Fica só entre nós... Hoje já bem longe no tempo - (e de ti...) - essa música traz-me agora ainda mais dor, porque fez-me lembrar que afinal eu tinha razão... O teu Amor por mim tinha sido só - (e apenas) - um sonho meu - (teria sido um sonho teu?...) – e nunca uma realidade nossa. E minha, muito menos... Com que então, amar-me-ias aos 70 com a mesma força dos 23?... Pois... Apenas me pergunto: Onde andas agora?... Cadê esse amor todo, e essa força toda, agora?... Porra, dói-me tanto saber que não restou mesmo nada de nós... Ei, meu Anjo, parece que foi mesmo o nosso fim, hem?... Nunca mais soube de ti, não sei se estás bem ou não. Adorava saber como estás, se és feliz, se encontraste o teu lugar, se, no fundo, encontraste o Amor... Onde andas, minha luz?... Tudo é escuridão sem ti... Depois de ti, vagueei perdido por esse mundo à procura do meu lugar... Nunca o encontrei... Nem poderia... Durante esses anos todos, nunca te vi... Como poderia achar o meu lugar, se o meu lugar és tu, e teu coração, o meu altar, e o teu Amor, o meu viver?... Ah, tu sabes lá o quanto te amei... Tu sabes lá - (é que nem imaginas mesmo...) - o quanto ainda te amo... Sempre te disse... Amo-te para sempre... No matter what... Sou fiel ao que sinto por ti até ao fim. Mesmo *que esse fim não te inclua na minha vida, eu luto sempre até ao fim. Porque acredito no que sinto. E o que sinto é real... Porra, eu amo-te... É que nem imaginas o quanto... Para piorar as coisas, começou a dar agora na **RFM** - (a nossa rádio, lembras-te?...) - **"Nothing really matters"** do **Mr Probs**... Quantas vezes chorei ouvindo essa música, enquanto pensava em ti?... Tu sabes lá o quanto ainda choro por ti?... Tu é que pensas que não, mas eu simplesmente não me consigo perdoar por te ter perdido, por te ter magoado, por ter perdido o teu Amor, por ter perdido a tua Amizade, por saber que nunca mais te irei ter sabendo que a culpa é minha, e só minha... Queres que continue?... Por mais que te contasse, por mais que te dissesse, ou que te explicasse, nunca perceberias o peso nem, muito menos, o tamanho, da minha dor por te ter perdido... Quem és tu, que me arrasaste dessa forma assim?... Quem és tu, que não deixaste nada de mim?... Foste o meu Amor, o meu Sonho, ou foste simplesmente o meu Fim?...*

*

É a recordação que constrói o ser humano, que o situa na história - (na sua história pessoal, e na história maior do mundo que o rodeia) - e as palavras são as pegadas que deixamos atrás de nós. São as mesmas palavras que falarão por nós quando um dia partirmos. Me pergunto que palavras minhas recordarás quando eu partir, meu amor... Meu Anjo, minha vida, meu princípio e meu fim... Pensavas que eu brincava quando eu te dizia que, sem ti, não conseguia viver?... Pois é... Talvez agora acredites... Não te culpes, meu Anjo... Foste apenas a gota de água, e não o motivo principal... No fundo, fizeste-me um favor, fizeste-me ver o merda que eu era, e o vazio que era a minha vida... Encheste a minha vida de cor, e o meu coração de Amor. Deste-me o melhor de ti... Sempre!... Desculpa-me se não consegui estar à tua altura... Eu tentei. Acredita que tentei... Amaste-me tanto. Como pude magoar-te assim tanto?... Nunca me perdoaste. Claro. Nem podias... Nem eu conseguia me perdoar a mim próprio. Percebes agora porque me matei?... Já não conseguia viver mais com essa dor... A minha vida foi só metade de uma vida. Sem ti, vivi sempre pela metade. Por onde andaste?... Onde estás?... Porque nunca voltaste?... Porque nunca me perdoaste?... Magoei-te tanto assim?... São tantas as perguntas e todas elas sem resposta... Perder-te foi o princípio do meu fim... Não ter o teu perdão, é que foi o meu fim... Não te culpes. Esquece-me simplesmente. Apaga-me da tua mente como se eu nunca tivesse existido na tua vida. Verás que não sofres mais... Nunca mereci um olhar teu, quanto mais o teu amor... As tuas lágrimas então, nem eu, nem homem nenhum as merece. Lembra-te sempre do antigo ditado:

Não chores por ninguém. Ninguém merece as tuas lágrimas. Lembra-te sempre que os que merecem as tuas lágrimas, são aqueles que nunca te fariam chorar...

Não chores, amor... Se puderes, leva-me apenas uma flor... Uma rosa branca... E arranja uma miosótis para ti... Trata dela. Cuidarás de mim. Cuidarás de nós... Eu, do Céu, olharei por ti... Da eternidade, e pela eternidade, amar-te-ei para sempre... ***No matter what****... Eu disse-te que, sem ti, não sabia viver. Não acreditaste, foi?... Tu sabes que eu odiava a mentira. E que eu nunca te mentiria... Amo-te muito. É real... É eterno... Vai comigo. E ficará comigo. Para sempre... Recorda-me, se conseguires... Perdoa-me, se puderes... Ama-me, se quiseres... Apenas uma última coisa te peço:* ***"Nunca me esqueças..."****. Vou estar sempre por perto...Vou estar sempre por aqui... Nunca te deixarei, meu Anjo... Até um dia, my love... Até que o Céu nos (re) una de novo... Adeus, meu Anjo... O Céu não fica aqui...*

__PS__: Fui tudo pela metade. E merecias que eu fosse tudo. Perdoa-me... Não consegui ser melhor. Acredita que te dei o melhor de mim... Amei-te da melhor forma que sabia e com toda a força que tinha. Desculpa se não foi o suficiente. Perdoa-me se não fui o Homem que gostavas que eu fosse, mas perdoa-me se não consigo ser quem não sou... Apenas consigo ser o que sou... Mas exactamente por isso, e por tudo... Perdoa-me...

(outra vez a música __"Thinking out loud"__... Foda-se... Isso é perseguição...)

*

Os últimos dois *emails* que ela leu dele... Depois disso, foi o silêncio absoluto...

Meu Anjo:

"Depois de te perder, fazia tudo para não pensar em ti, e tentava ocupar a mente o mais que podia. Andava durante horas, de mãos nos bolsos, olhos postos no chão... Andar não aliviava nada a minha dor, pelo contrário, aumentava-a. Cada passo era um raciocínio, apenas mais uma pergunta que não encontrava a resposta. Quanto mais eu andava, mais dúvidas me surgiam, e menos respostas eu tinha. Imagina... Mas chegava a casa cansado e adormecia mais depressa. O sono era o meu refúgio para não pensar em ti. A porra toda era que

não podia evitar sonhar contigo... E o pior mesmo é que sonhava - (sonho?) - contigo todas as noites. Como posso evitar pensar em ti todos os dias?... Pôh... Quem és tu que me invades assim?. Se queres sair da minha vida, porque ainda ficas em mim dessa forma assim?. És o meu princípio ou és o meu fim?... Perder-te ainda vai dar cabo de mim... Depois de saires de mim, e da minha vida, muito rapidamente a minha vida mergulhou na desordem. Repentinamente, tudo virou um caos. Tive de recolher todos os cacos da minha vida, juntá-los, e tentar colá-los. Colei alguns. Outros não consegui. O resultado não é nada bonito de se ver. Foi da forma como me deixaste...

*

Continuo a ouvir a tua música - (**"Thinking out loud"- Ed Sheran**) - ou melhor, a nossa música... Agarro-me com força, às notas, tentando fazer com que não se desvaneçam no ar, mas todas elas morrem na escuridão à minha volta, como um foguete na orla das árvores. Por vezes, ainda dou por mim a pronunciar o teu nome, pronuncio-o lentamente, várias vezes, como um cântico, mantra, ou oração... **"Será que ainda pensas em mim?... Será que ainda também me vês em teu interior?..."**, pergunto-me ainda, por vezes. Não interessa. Mas é bom saber que ainda andas por aí. Continuarei a ouvir-te na sombra. E a amar-te em silêncio. Como acontecia antes. Como acontecerá sempre. No matter what... Recorda-me. Se quiseres... Perdoa-me. Se conseguires... Ama-me. Se puderes... Mas apenas uma última coisa te peço: **"Não me esqueças"**...

Ao tentar descobrir quem tu eras, descobri-me a mim... E digamos que não gostei do que vi. Vi-me sem ti. E descobri que, sem ti, não vale a pena viver. Não te culpes, apenas esquece-me. Fui apenas um dos muitos erros que tiveste - (e que ainda terás) - na vida...

*

Agora ele partiu mesmo... Desta vez, definitivamente. Ela sente-se estranhamente abandonada. O pior é que ela sempre soube que isso ia acontecer. Mas, agora que tinha acontecido, ela recusava-se simplesmente a acreditar que era a mais pura da verdade, a mais triste, e crua, realidade. Ele partira. E talvez - (só talvez...) - para nunca mais voltar... Como é que ela tinha deixado as coisas chegarem àquele ponto?. Ela tinha acabado com ele. Era um facto. Ele fizera por isso. Outro facto. Mas também era um facto que ele sempre perdoara todas as merdas que ela fizera. E ela agora - (talvez por orgulho) - não o estivesse a conseguir perdoar. Mas porquê, se o amava tanto?. Porque não lhe perdoara?. Porque não conseguira perdoá-lo?. Poderia tê-lo feito. Agora poderia estar com ele. Ele não teria morrido assim. Nunca se teria matado. Ninguém merece morrer assim. Afinal, ele tinha cometido um erro. Ele não era um erro. Nunca foi... E, se foi, tinha sido o seu melhor errro... E ela, melhor do que ninguém, sabia disso... Então, subitamente, ela recordou algo que um dia ele lhe disse:

Amar é perdoar todos os dias. Se não consegues perdoar, como podes querer amar?... Amar é perdoar sempre... No matter what...

E talvez - (só talvez...) - por isso, ela não o conseguisse perdoar. Ela, pelo menos naquele momento, não estava sabendo perdoar. E ele merecia que ela o perdoasse. Depois de tudo o que ele fizera por ela. Mas depois de tudo o que ele a perdoou, depois de todo o Amor que ele lhe deu, ele não teve direito a um último perdão... Mesmo assim, ele perdoou-a.. Mas a dor dele era brutal, e daí que ele fizesse o que fez. Matou-se... Ele, que sempre foi um Guerreiro, nunca desistiu de nada, e foi desistir logo de si... Ele devia estar a enfrentar uma dor colossal, brutal, insuportável mesmo, ao ponto dele não resistir. Não sei o que o levou a fazer isso. E agora sei que nunca o irei saber. Mas também sei que, por tudo o que ele fez nessa vida, por todos os bons combates que ele travou, por todas as causas justas que ele batalhou, por todos os inocentes que ele defendeu, por ter levado sempre a Verdade, e a Fé, como escudos em todas essas batalhas e combates, e por ter tido sempre Jesus no seu canto do ringue, sei que Deus lhe dará uma nova oportunidade, e que ele renascerá outra vez... E um novo Guerreiro nascerá, outros combates travará. Os Guerreiros são assim. Não conseguem viver sem lutar por alguém, ou por alguma causa, afinal o combate, o desafio constante, está-lhes no sangue. Mas, dessa vez, eu sei que ele já não combaterá por mim. Lutará por outra pessoa, amará outra Alma, defenderá, e amará, outra Mulher, noutra vida qualquer... Mas, de mim, para ele, apenas restou a palavra Fim ... O que faço agora de mim?...

Fim

Zeca Soares

Biobibliografia

Livros

"Essência perdida" - (Poesia - Edição de autor e 2ª Edição Amazon - USA)

"Lágrimas de um poeta" - (Poesia - Edição de autor e 2ª Edição Amazon - USA)

"Alma ferida" - (Poesia - Edição de autor e 2ª edição Amazon - USA)

"Ribeira Grande... Se o teu passado falasse" - (Pesquisa histórica - Edição de autor)

"Diário de um homem esquecido" - (Prosa - Editora Ottoni - São Paulo - Brasil e 2ª Edição Amazon - USA)

"Numa Pausa do meu silêncio" - (Poesia - Edição de autor e 2ª edição Amazon - USA)

"Libertei-me por Amor" - (Romance - Papiro Editora - Porto, e Amazon - Washington)

"A Promessa" - (Romance - Edições Speed - Lisboa, Edições Euedito - Seixal e Amazon - E.U.A.)

"Mensagens do meu Eu Superior" - (Esotérico/Espiritual - Amazon - E.U.A)

"Amei-te, sabias?" - (Romance - Amazon - E.U.A.)

"Quase que te Amo" - (Romance - Amazon - E.U.A.)

"Tão perto, tão longe" - (Romance - Amazon - E.U.A.)

"Para Sempre" - ("Mensagens do meu Eu Superior 2") -(Esotérico/Espiritual - Amazon - E.U.A.)

"Carpe Diem" - ("Mensagens do meu Eu Superior 3") - Esotérico/Espiritual - Amazon - E.U.A.)

"O Escriba"- ("Poesia" - Amazon - E.U.A.)

" O Céu não fica aqui..."- (Romance - Amazon - E.U.A.)

"Ascensão Planetária - Operação Resgate"- ("Mensagens do meu Eu Superior 4") - Esotérico/Espiritual - Amazon - E.U.A.)

"Evolução Planetária - Salto Quântico" - (**"Mensagens do meu Eu Superior 5"**) - Esotérico/Espiritual -Amazon - E.U.A.)

"Conheci um Anjo..." - (Romance - Amazon - E.U.A.)

"Eu tive um sonho" - (Romance - Amazon - E.U.A.)

"O livro que nunca quis" - (Romance - Amazon - E.U.A.)

"Já posso partir..." - (Romance - Amazon - E.U.A.)

Colectâneas

"Poiesis Vol X" - (Editorial Minerva - 57 autores)

"Poiesis Vol XI" - (Editorial Minerva - 67 autores)

"Verbum - Contos e Poesia" - (Editorial Minerva -20 autores - Os Melhores 20 Poetas de Portugal)

" I Antologia dos Escritores do Portal CEN" - Os melhores 40 Poetas Portugal/Brasil - Edições LPB - São Paulo - Brasil)

"Roda Mundo -Roda Gigante 2004" *- (Os melhores 40 Poetas do Mundo, que foram apurados do* ***3º Festival Mundial de Poesia*** *em S. Paulo, em que Zeca Soares representa sozinho Portugal nessa colectânea - Editora Ottoni e Editora Sol Vermelho - SP - Brasil. Colectânea bilingue distribuída por 43 países - (os países de origem dos poetas vencedores)*

"Agenda Cultural Movimiento Poetas del Mundo 2015" *- (Colectânea Internacional de Poesia em que engloba alguns dos melhores poetas do mundo - Apostrophes Ediciones - Chile 2015)*

"Tempo Mágico" *- Colectânea Nacional de Poesia e Prosa Poética, que engloba alguns dos melhores Poetas e Prosadores do país da Sinapis Editores*

"Entre o Sono e o Sonho" (Vol VI) *- Antologia de Poesia Contemporânea com alguns dos melhores Poetas de Portugal - Chiado Editora – Lisboa*

Concursos

Concurso Nacional de Pesquisa História. *Zeca Soares concorreu com o seu livro* ***"Ribeira Grande... Se o teu passado falasse..."****, na corrida ao* ***Prémio Gaspar Fructuoso****, com o seu livro de 660 páginas de História da cidade da Ribeira Grande, em que arrecadou o 4º lugar)*

Concurso Nacional de Guionismo *- (Inatel)*

Concurso "Melhor Guionista Português" *- (Lisboa)*

Concurso Nacional de Poesia Cidade de Almada Poesia 2003

Concurso Nacional de Poesia Manuel Maria Barbosa du Bocage Concurso Internacional de Poesia Livre *na corrida ao* **Prémio Célito Medeiros** *- (SP - Brasil)*

Concurso Internacional de Poesia Pablo Neruda *- (SP - Brasil)*

Concurso Internacional de Literatura da Tapera Produções Culturais *- (SP - Brasil)*

IX Concurso Internacional Francisco Igreja *- (SP-Brasil)*

V Concurso Literário do Grande Livro da Sociedade dos Poetas Pensantes *- (SP - Brasil)*

3º Festival Mundial de Poesia *- (SP - Brasil 2004)*

4º Festival Mundial de Poesia *- (Chile 2005)*

Concurso Nacional "Meu 1º Best Seller" *com organização das Edições ASA - com o seu romance* **"Libertei-me por Amor..."** *- ficando nos primeiros 10 finalistas entre mais de 2000 Romances de todo o país.*

Concurso Prémio Literário Miguel Torga *- Concorreu com o romance* **"A Promessa"**

Amazon Breaktrough Novel Award 2004 *- Entre mais de 10 mil Escritores de todo o Mundo, Zeca Soares passou aos quartos-de-final com o seu romance* **"A Promessa"**

Made in the USA
Columbia, SC
02 November 2022

70368932R00107